P9-CPY-048

folio
junior

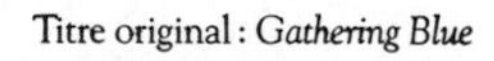

Titre original : *Gathering Blue*

Édition originale publiée par Houghton Mifflin Company (Boston, États-Unis), 2000

Lois Lowry

L'élue

Traduit de l'anglais (États-Unis)
par Bee Formentelli

GALLIMARD JEUNESSE

1

– Maman ?

Il n'y eut pas de réponse. Elle n'en attendait pas. Sa mère était morte depuis déjà quatre jours, et Kira savait que l'ultime souffle de l'esprit était en train de s'échapper à jamais. « Maman. » Elle redit le mot tout doucement à ce qui, si mystérieux, s'en allait. Il lui semblait sentir son adieu à la manière dont on peut sentir, le soir, le doux murmure de la brise.

Désormais, Kira était seule, absolument seule. Désarroi, solitude, tristesse profonde, tel était son lot.

Avant, au lieu de ça, il y avait eu sa mère, la femme vivante et chaleureuse appelée Katrina. Puis, après la maladie foudroyante, le corps de Katrina, temple de l'esprit qui subsistait encore. Enfin, après quatre couchers et quatre levers de soleil, l'esprit s'en était allé à son tour. Il ne restait plus qu'un corps. Les pelleteurs viendraient répandre une couche de terre sur le cadavre, mais il serait tout de même mangé par les créatures armées de griffes et affamées qui hantaient la nuit.

Alors les os se disperseraient, pourriraient et tomberaient en poussière pour devenir partie intégrante de la terre.

Kira essuya fugitivement ses yeux qui s'étaient soudain remplis de larmes. Elle avait aimé sa mère, et celle-ci lui manquerait affreusement. Mais son temps était venu de partir.

Kira enfonça son bâton dans la terre meuble, s'appuya sur lui et se mit debout. Puis elle regarda avec une sourde inquiétude autour d'elle. Elle était encore très jeune et n'avait encore jamais fait l'expérience de la mort, du moins au sein de sa famille, la petite famille de deux personnes qu'elle formait avec sa mère. Bien entendu elle avait vu d'autres personnes accomplir les rites funéraires. Elle pouvait en voir dans le vaste Champ de la Séparation à l'odeur fétide : ils restaient blottis au chevet des leurs, veillant les esprits jusqu'à la fin.

Elle savait qu'il y avait là une femme, Helena, et que cette femme regardait l'esprit quitter peu à peu son bébé, né prématurément. Helena n'était arrivée au Champ que la veille. Les nouveau-nés n'avaient pas besoin d'être veillés quatre jours ; les petites flammes de l'esprit, à peine nées, s'en allaient vite. Aussi Helena retrouverait-elle bientôt le village et sa famille.

Quant à Kira, elle n'avait plus de famille. Ni de maison. Ils avaient incendié le kot où elle vivait avec sa mère. La frêle structure – la seule maison que Kira eût jamais connue – avait disparu. Tandis qu'elle était assise auprès du corps, elle avait vu de loin la fumée. Tandis qu'elle regardait l'esprit de sa mère s'échapper, elle avait vu sa vie d'enfant, réduite en cendres, s'envoler dans le ciel.

Un petit frisson de peur la parcourut. La peur faisait toujours intimement partie de la vie des gens. Parce qu'ils avaient peur, ils se construisaient des abris, cherchaient de la nourriture, faisaient pousser des choses. Pour la même raison, ils emmagasinaient des armes, au cas où. Ils avaient aussi peur du froid, de la faim et de la maladie. Et des bêtes.

Elle se tenait là, appuyée sur son bâton, prête à partir, et c'était encore la peur qui l'aiguillonnait. Elle regarda une dernière fois le corps sans vie qui avait été un jour le temple de sa mère, et se demanda où aller.

Kira pensa à rebâtir son kot. Si elle pouvait trouver de l'aide – hypothèse qui lui paraissait tout à fait invraisemblable – ce ne serait pas bien long, en particulier à cette époque de l'année, le début de l'été, quand les branches d'arbre sont souples, et la boue épaisse et abondante près de la rivière. La jeune fille avait souvent assisté à la construction des autres kots, et elle se sentait capable de se bâtir une espèce d'abri. Peut-être que les angles et la cheminée de sa petite maison ne seraient pas très droits. Et le toit lui poserait un problème, car il lui était presque impossible de grimper avec sa mauvaise jambe. Mais elle trouverait bien un moyen. D'une façon ou d'une autre, elle se construirait un kot. Puis elle chercherait un gagne-pain.

Pendant deux jours, le frère de sa mère lui avait tenu compagnie dans le Champ. Il n'était pas venu veiller sa sœur Katrina mais sa propre femme, l'impétueuse

Solora, morte en couches, et leur troisième minot, un bébé trop petit pour avoir un nom. Il était resté assis là, silencieux, au chevet des deux corps. Ils s'étaient adressé un petit signe de reconnaissance. Mais, une fois achevé son temps dans le Champ de la Séparation, son oncle était parti. Il avait deux minots à élever. Ils étaient encore petits, comme l'indiquaient leurs prénoms d'une seule syllabe, Dan et Mar. *Peut-être pourrais-je prendre soin d'eux*, pensa fugitivement Kira qui essayait de s'imaginer un avenir dans le village. Mais, au moment même où cette pensée avait frémi en elle, elle savait déjà que c'était sans espoir, que ce ne serait pas permis. On donnerait sans doute les minots de Solora à des familles qui n'en avaient pas. Les minots sains et vigoureux avaient de la valeur. Dressés comme il faut, ils pouvaient contribuer aux besoins d'une famille et, à ce titre, étaient très recherchés.

Personne ne voudrait de Kira. Personne n'avait jamais voulu de Kira, à l'exception de sa mère. Katrina avait souvent raconté à sa fille l'histoire de sa naissance – la naissance d'une orpheline de père à la jambe torse ; elle lui avait souvent raconté comment elle s'était battue pour la garder en vie.

– Ils sont venus te prendre, racontait Katrina à voix basse dans leur kot où rougeoyait un bon feu. Tu avais à peine un jour et on ne t'avait pas encore donné ton nom de nouveau-né, ton nom d'une syllabe.

– Kir.

– Oui, c'est ça, Kir. Ils m'ont donc apporté à manger et ils étaient sur le point de t'emmener au Champ...

Kira frissonna. C'était l'usage, la coutume, c'était aussi un acte de miséricorde de rendre à la terre un nouveau-né imparfait et encore dépourvu de nom avant que l'esprit ne l'ait investi pour en faire un être humain. Mais elle ne pouvait s'empêcher de frissonner à cette pensée.

Kira hocha la tête.

– Ils ne savaient pas que c'était *moi*.

– Ce n'était pas encore *toi*.

– Redis-moi pourquoi tu n'as pas voulu, murmura Kira.

Sa mère soupira à l'évocation de ce souvenir.

– Je savais que je n'aurais pas d'autre enfant, fit-elle observer. Ton père avait été emporté par les bêtes. Un beau jour, il était parti à la chasse et n'était pas revenu. Il y avait déjà des mois de cela. Je savais que je n'aurais plus d'enfant. Oh, ajouta-t-elle, peut-être m'auraient-ils donné un orphelin à élever. Mais comme je te tenais dans mes bras – telle que tu étais à ce moment-là, sans esprit encore, avec ta pauvre jambe de travers (il était évident que tu ne pourrais jamais courir), j'ai vu tes yeux brillants. J'ai vu poindre dans tes yeux quelque chose d'extraordinaire. Et puis il y avait tes doigts, longs et bien formés.

– Et solides. Mes mains étaient fortes, ajouta Kira avec satisfaction.

Elle avait si souvent entendu l'histoire ; et chaque fois qu'elle l'entendait, elle regardait avec orgueil ses fortes mains.

Katrina rit.

– Si fortes en effet qu'elles avaient agrippé mon pouce et ne voulaient pas le lâcher. Tu tirais si farouchement sur mon pouce, comment aurais-je pu les laisser t'emmener ? Je leur ai simplement dit non.

– Ils étaient en colère ?

– Oui. Mais j'ai fait preuve de fermeté. Et bien entendu mon père était encore vivant. Il était âgé alors – c'était un quadrisyllabe – et il avait été pendant longtemps le chef du peuple, le Seigneur des Seigneurs. On le respectait. Ton père lui aussi aurait été un chef très respecté s'il n'était pas mort pendant la grande chasse. Il avait déjà été choisi comme Seigneur.

– Dis-moi le nom de mon père, demanda Kira.

Katrina sourit dans la lumière du feu.

– Christopher, dit-elle. Tu connais ce nom.

– Oui, mais j'aime l'entendre. J'aime te l'entendre prononcer.

– Veux-tu que je continue ?

Kira hocha la tête.

– Tu t'es montrée ferme, tu as insisté, rappela-t-elle.

– Ils m'ont fait promettre que tu ne deviendrais pas un fardeau.

– Je n'en ai pas été un, n'est-ce pas ?

– Bien sûr que non. Tes fortes mains et ton esprit avisé compensent ta jambe infirme. À l'atelier de tissage, tu es une robuste petite main sur laquelle on peut compter ; toutes les ouvrières le disent. Et, après tout, qu'est-ce qu'une jambe torse en regard d'une intelligence comme la tienne ? Les histoires que tu racontes aux minots, les tableaux que tu crées avec les mots – et avec le fil à broder ! Les broderies que tu fais ! Elles sont différentes de toutes les broderies que j'aie jamais vues. Bien plus belles que celles que je pourrais jamais faire ! (Katrina se tut et rit.) Mais en voilà assez avec les compliments, ne me pousse pas à en rajouter. N'oublie pas que tu es encore une très jeune fille, entêtée souvent, et à propos, ce matin, Kira, tu as oublié de mettre la cabane en ordre alors que tu l'avais promis.

– Demain, je n'oublierai pas, dit Kira d'un air endormi en se pelotonnant contre sa mère sur le bat-flanc – et elle installa sa jambe torse dans une position plus confortable pour la nuit. Je te promets.

Mais maintenant il n'y avait plus personne pour l'aider. Il ne lui restait aucune famille, et elle n'était pas particulièrement indispensable au village. Elle travaillait chaque jour à l'atelier de tissage où elle était chargée de ramasser chutes de tissu et bouts de chiffon, mais sa jambe malformée la disqualifiait en tant que travailleuse et même – à l'avenir – en tant que compagne.

Oh, bien sûr, les femmes aimaient les merveilleuses histoires que racontait la jeune fille pour occuper les minots agités, et elles admiraient ses menus travaux d'aiguille. Mais ces choses-là n'étaient que des amusettes ; on ne pouvait pas appeler ça du travail.

Elle interrogea le ciel : le soleil n'était plus au-dessus de sa tête ; les arbres et les buissons d'épines, à l'extrémité du Champ de la Séparation, projetaient leurs ombres sur lui, signe que l'après-midi était déjà avancé. Dans son désarroi, elle s'était attardée trop longtemps en ce lieu. Avec soin elle rassembla les peaux de bête sur lesquelles elle avait dormi pendant les quatre nuits passées à veiller l'esprit de sa mère. Son feu n'était plus que cendres froides, triste amas noirâtre. Sa gourde était vide, et elle n'avait plus rien à manger.

Lentement, appuyée sur son bâton, elle rejoignit en boitillant le sentier qui la menait au village ; elle s'accrochait à un mince espoir : et si elle allait être la bienvenue malgré tout ?

Au bout de la friche, des minots s'amusaient à gambader sur la terre couverte de mousse. Il y avait des aiguilles de pins collées dans leurs cheveux et sur leurs corps nus. Elle sourit. Elle reconnaissait chacun des petits. Il y avait là le fils tout blond de l'amie de sa mère ; elle se rappelait sa naissance, deux ans plus tôt, quand l'été battait son plein. Il y avait aussi la petite fille dont le jumeau était mort. Elle était plus jeune que le garçon aux cheveux d'or, presque un bébé encore, mais elle riait sous cape et criait avec les autres en jouant à chat perché. Les tout-petits, aux prises les uns avec les autres, se tapaient et se donnaient des coups de pied, attrapaient des bâtons pour jouer et brandissaient leurs petits poings. Dans son enfance, Kira avait beaucoup regardé ses petits compagnons jouer à ces sortes de jeux qui les préparaient à la vie adulte, à la véritable lutte pour l'existence. Incapable d'y participer à cause de sa jambe infirme, elle les regardait avec envie, embusquée dans un coin.

Un enfant un peu plus grand, un garçon de huit ou neuf ans à la figure crasseuse, encore trop jeune pour recevoir son prénom de deux syllabes (on ne devenait bisyllabe qu'à la puberté), ne perdait rien de ses faits et gestes depuis son poste d'observation dans le sous-bois où il était occupé à essarter et à fagoter des brindilles pour le feu. Kira sourit. C'était Matt, son ami de toujours. Elle l'aimait beaucoup. Il vivait dans la Fagne, un lieu marécageux, insalubre. Sans doute un fils de haleur ou de pelleteur. Cela ne l'empêchait pas de courir librement dans le village, son chien toujours sur ses talons, en compagnie de ses turbulents camarades. Il s'arrêtait souvent, comme ce jour-là, pour faire quelque besogne ou menu travail en échange de deux ou trois pièces de monnaie ou d'une friandise. Kira salua le garçon. La queue tordue du chien, où étaient restées accrochées des feuilles et des brindilles, frappa joyeusement le sol ; quant au garçon, il lui rendit son sourire.

– Alors es de retour du Champ ? dit-il. Comment qu'c'est, là-bas ? Tout empeurée t'étais ? Et les bêtes, y en a qu'ont venu la nuit ?

Kira secoua la tête et sourit. Les monosyllabes n'avaient pas le droit de pénétrer dans le Champ. Il était donc tout naturel que Matt soit curieux et aussi un peu effrayé. Elle le rassura.

– Pas de bêtes, non. J'avais du feu, ça les a tenues éloignées.

– Alors Katrina, al est partie d'son corps à présent ? demanda-t-il dans son patois.

Les gens de la Fagne n'étaient pas comme les autres ; avec leur parler étrange et leurs rudes manières, ils avaient l'air de bêtes curieuses, et la plupart des gens les méprisaient. Mais pas Kira. Elle aimait beaucoup Matt.

– L'esprit de ma mère s'en est allé, acquiesça-t-elle. Je l'ai vu quitter son corps. On aurait dit de la buée. Il s'est évanoui.

Matt vint au-devant d'elle, les bras toujours chargés de menu bois. Il lui jeta un petit regard de côté très noir et plissa le nez avant de se lancer :

– Ta cabane brûlée affreux.

Elle hocha la tête. Elle savait que sa maison avait été détruite, même si elle avait espéré dans le secret de son cœur qu'il n'en était rien.

– Oui, je sais, soupira-t-elle. Et toutes les choses qu'il y avait dedans ? Et mon métier ? Est-ce qu'ils ont brûlé mon métier à broder ?

Le visage de Matt s'assombrit.

– Essayé de sauver des choses mais c'est presque tout brûlé. Que ta cabane, Kira. Pas pareil que quand y a une népidémie. Cette fois c'est que ta mwé.

– Je sais.

Et Kira poussa un nouveau soupir. Jadis il y avait de terribles maladies qui se propageaient d'un kot à l'autre, avec beaucoup de morts. Quand cela arrivait, on mettait le feu à toutes les huttes, puis on en reconstruisait d'autres, dans un concert de bruits presque joyeux : les ouvriers enduisaient de boue humide les montants de bois bien ajustés des nouvelles structures et la lissaient du plat de la main à grands coups réguliers : plaf ! plaf ! L'odeur de bois carbonisé flottait encore dans l'air quand les nouveaux kots étaient déjà debout.

Mais, ce jour-là, il n'y avait aucune atmosphère de fête. Seulement les bruits habituels. La mort de Katrina n'avait rien changé à la vie des gens. Elle avait vécu parmi eux. Elle n'était plus là. La vie continuait.

Kira, toujours accompagnée par le petit garçon, s'arrêta au puits et remplit sa gourde. Partout ce n'étaient que chamailleries et querelles. La vie du village était en permanence rythmée par ces sons : paroles aigres d'hommes en guerre pour le pouvoir ; vantardises criardes et sarcasmes de femmes envieuses ; jérémiades et pleurnicheries de minots toujours dans leurs jupes et toujours risquant d'être chassés à coups de pied.

Elle mit sa main en visière au-dessus de ses yeux et les plissa pour se défendre du soleil de l'après-midi et tenter d'apercevoir la trouée où se trouvait autrefois son propre kot. Elle inspira profondément. Il lui faudrait marcher longtemps pour rassembler les jeunes arbres, et ce serait une rude tâche que de se procurer de la boue sur la berge de la rivière. Quant aux poutres d'angle, elles seraient lourdes et difficiles à tirer.

– Je dois commencer à rebâtir, dit-elle à Matt qui tenait toujours un fagot de petit bois dans ses bras égratignés et noirs de crasse. Tu veux m'aider ? À deux, ce serait amusant. Je ne peux pas te payer, mais je te raconterai quelques-unes de mes nouvelles histoires, ajouta-t-elle.

Le garçon secoua la tête.

– Serai battu si c'est que j'finis pas le 'tit bois pour le feu.

Et il tourna les talons. Mais après un bref moment d'hésitation il fit volte-face.

– Les ai entendus causer, dit-il à voix basse. Font des

plans pour te chasser, man'nant que ta mwé al est morte. Ont comme l'idée de t'mettre dans l'Champ pour les bêtes. Parlent d'aller chercher les haleurs pour qu'y t'emmènent.

Kira sentit son estomac se contracter de peur. Mais elle essaya de garder une voix calme. Elle avait besoin d'obtenir des informations de Matt et, s'il savait qu'elle était effrayée, il se méfierait.

– C'est qui, eux ? demanda-t-elle sur un ton faussement détaché.

– Ces femmes-là, répondit-il. Les ai entendues qu'elles parlaient au puits quand c'est que j'ramassais les bouts de bois de la décharge. Ont même pas vu que j'écoutais. Mais al veulent ta place. Veulent le coin où qu'ton kot il était. Veulent construire un enclos à c'te place pour enfermer dedans les minots et les poules et pour plus avoir à courir après tout l'temps.

Kira le regardait fixement.

C'était terrifiant, c'était quasi impossible à croire, mais c'était ainsi : la cruauté banalisée, inscrite dans le quotidien, presque désinvolte. Parce qu'elles voulaient enfermer les tout-petits et les poulets, les femmes allaient la chasser du village et la livrer en pâture aux bêtes qui attendent dans la forêt le moment de fouiller le Champ.

– Qui était la voix la plus farouchement opposée à moi ? demanda-t-elle au bout d'un moment.

Matt réfléchit. Il s'amusait à faire passer les brindilles d'une main dans l'autre, et Kira voyait bien qu'il n'avait pas du tout envie d'être impliqué dans ses problèmes et qu'il craignait pour sa propre existence. Mais ils avaient toujours été amis. Pour finir, après avoir regardé tout autour de lui pour s'assurer qu'on ne l'écoutait pas, il confia à Kira le nom de la femme contre laquelle elle devrait se battre.

– Vandara, murmura-t-il.

Elle ne fut pas surprise. Mais le cœur lui manqua.

2

Pour commencer, décida Kira, il valait mieux faire semblant de ne rien savoir. Elle retournerait donc à l'emplacement du kot où elle avait vécu avec sa mère et s'attaquerait à sa reconstruction. Peut-être le simple fait de la voir à l'œuvre aurait-il un effet dissuasif sur les femmes qui espéraient la chasser.

Appuyée sur son bâton, elle se fraya un chemin à travers la population dense du village. Ici et là, quelques personnes lui adressèrent bien un petit signe de tête pour montrer qu'elles l'avaient vue, mais ce fut tout. Elles étaient toutes très affairées et prises par leur travail quotidien ; en outre, les amabilités n'étaient pas tellement dans leurs habitudes.

Elle aperçut le frère de sa mère. Avec l'aide de son fils, Dan, il travaillait dans le jardin voisin du kot où il avait vécu avec Solora et leurs minots. Pendant que sa femme approchait de son terme, accouchait et mourait, les mauvaises herbes avaient poussé n'importe comment. Puis, tandis qu'il était assis dans le Champ à veiller Solora et le bébé mort, les jours avaient succédé aux jours et les mauvaises herbes avaient continué à se multiplier dans le jardin à l'abandon. Les rames autour desquelles grimpaient les haricots s'étaient effondrées, et il était occupé à les redresser, de la colère plein les yeux ; Dan essayait en vain de l'aider ; quant au plus jeune des minots, une fille du nom de Mar, elle jouait dans la gadoue, assise au bout du jardin. Kira ne perdait rien de la scène. Elle vit l'homme tancer vertement son fils parce qu'il ne tenait pas la rame droite avant de lui allonger une méchante claque sur l'épaule.

Kira passa devant eux. Elle plantait fermement son bâton dans le sol à chacun de ses pas et se préparait à répondre à leur salut. Mais la petite fille qui jouait dans la gadoue se contenta de geindre et de cracher ; elle s'était amusée à manger des cailloux comme le font les tout-petits et s'était retrouvée la bouche remplie d'un sable nauséabond. Dan, le petit garçon, jeta bien un coup d'œil à Kira mais il ne lui adressa aucun salut, aucun signe de reconnaissance, comme s'il était encore craintivement courbé sous la dure main du père. Quant à celui-ci, le seul et unique frère de sa mère, il ne leva même pas les yeux de son ouvrage.

Kira soupira. Au moins lui, il avait de l'aide. Mais en ce qui la concernait – à supposer qu'on lui permît de rester – elle serait condamnée à tout faire elle-même : rebâtir, jardiner, etc., sauf si elle parvenait à embaucher Matt et quelques-uns de ses camarades – mais était-ce possible ?

Son estomac grondait, et elle réalisa à quel point elle avait faim. Elle dépassa une rangée de petits kots à la sortie du tournant et s'approcha de son propre terrain pour n'y trouver que le noir tas de cendres qui avait été sa maison. Il ne restait rien de leur petit ménage. Mais elle était contente de voir que le jardin était toujours là. Les fleurs de sa mère étaient encore dans tout leur éclat, et les légumes du début de l'été mûrissaient au soleil. Pour l'instant au moins, elle aurait de quoi manger.

Était-ce bien sûr ? Comme elle regardait autour d'elle, Kira vit une femme sortir comme un trait du bosquet voisin, lui lancer un coup d'œil, puis, toute honte bue, se mettre à arracher les carottes du potager qu'elle avait entretenu avec sa mère.

– Arrête ! Elles sont à moi ! cria Kira en se déplaçant aussi vite que le lui permettait sa jambe contrefaite.

Avec un grand rire méprisant, la femme s'éloigna d'un pas tranquille, des carottes terreuses plein les mains.

Kira courut à son potager, du moins à ce qui en restait. Elle posa par terre sa gourde remplie d'eau, arracha quelques tubercules, les nettoya et commença à manger. Sa mère et elle, qui n'avaient plus de chasseur dans leur famille, ne mangeaient jamais de viande sauf très occasionnellement, quand il leur arrivait d'attraper un petit animal dans l'enceinte du village. Elles ne pouvaient évidemment pas aller chasser dans la forêt comme les hommes. Mais le poisson de la rivière, abondant et facile à attraper, suffisait à leurs besoins.

Toutefois, les légumes restaient la base de l'alimentation. Elle avait de la chance – elle en était consciente –

que le jardin n'ait pas été entièrement mis à sac pendant ses quatre journées dans le Champ.

Sa faim apaisée, elle s'assit pour reposer sa jambe. Elle regarda autour d'elle et repéra, à la lisière de son terrain, près des cendres, un tas de jeunes arbres ébranchés. On eût dit que quelqu'un s'apprêtait à l'aider à rebâtir le kot.

Mais la jeune fille n'était pas si naïve. Elle se leva et, pour voir, tenta d'extraire du tas un des jeunes arbres souples et minces.

À l'instant même, Vandara surgit de la friche voisine où, comprit Kira, elle avait dû se tenir à l'affût. Kira ignorait où la femme habitait ; elle ignorait qui étaient son homme et ses minots, car Vandara n'habitait pas dans les parages. Mais elle était très connue au village. Les gens baissaient la voix quand ils parlaient d'elle. Elle était connue, et respectée. Ou crainte.

La femme était grande et bien découplée, avec de longs cheveux emmêlés vaguement rejetés en arrière et attachés sur la nuque par un lien de cuir. Elle avait une façon de planter ses yeux dans les vôtres qui aurait réduit à néant n'importe quel calme. La hideuse cicatrice qu'elle portait au menton et au cou et qui courait jusqu'à sa large épaule était, disait-on, la trace d'une lutte, jadis, avec une bête sauvage de la forêt. Personne n'avait jamais survécu à de pareils coups de griffes, et la cicatrice rappelait à chacun la vigueur et le courage de Vandara mais aussi sa mauvaiseté foncière. En effet, elle avait été attaquée et déchirée par une bête en essayant de lui voler un de ses petits dans sa tanière.

C'est du moins ce que racontaient les minots en chuchotant.

Ce jour-là, dressée contre Kira, elle se préparait une fois de plus à détruire un jeune être.

À la différence de la bête sauvage de la forêt, Kira ne pouvait se battre avec ses griffes. Elle se cramponna donc à sa canne de bois et s'efforça de regarder sa rivale bien en face sans laisser paraître la moindre crainte.

– Je suis venue reconstruire mon kot, dit-elle.

– Ton terrain, terminé ! Il est à moi maintenant. Ces jeunes arbres sont à moi.

– C'est entendu, accorda Kira, je couperai les miens. Mais je rebâtirai mon kot sur ce terrain. Bien avant ma naissance, il appartenait déjà à mon père. Quand il est mort, ma mère en a hérité. Maintenant qu'elle est morte elle aussi, il est à moi.

D'autres femmes surgirent des kots alentour.

– Nous en avons besoin, lança l'une d'elles. Les jeunes arbres vont servir à construire un enclos pour les minots. C'est Vandara qui a eu l'idée.

Kira regarda la femme qui tenait brutalement un tout-petit par le bras.

– C'est sans doute une bonne idée, répliqua-t-elle, si vous voulez parquer vos petits. Mais pas sur ce terrain-ci. Vous pouvez construire votre enclos ailleurs.

Elle vit alors Vandara se pencher et ramasser une pierre de la taille d'un poing de minot.

– On veut pas de toi ici, dit la femme. Tu fais plus partie du village. Tu vaux rien avec cette jambe que t'as. Ta mère t'a toujours protégée mais elle est plus là à présent. Faut qu'tu partes aussi. Pourquoi t'es pas restée dans le Champ ?

Kira se vit brusquement entourée d'une nuée de femmes hostiles sorties de leurs cabanes ; elles étaient toutes aux ordres de Vandara. Plusieurs d'entre elles, observa la jeune fille, tenaient des pierres dans leurs mains. Qu'une seule pierre fût jetée, et d'autres suivraient, Kira le savait. Les femmes guettaient toutes la première pierre.

Qu'aurait fait ma mère à ma place ? se demandait-elle anxieusement. Elle essaya d'invoquer l'esprit de sa mère – du moins la part qui vivait désormais en elle – pour qu'il lui donne un peu de sagesse.

Et mon père qui n'a jamais su que j'étais née ? Qu'aurait-il fait ? Son esprit vit aussi en moi.

Alors Kira, redressant les épaules, se mit à parler. Elle affermit sa voix et s'arrangea pour rencontrer le regard de chacune des femmes tour à tour. Quelques-unes baissèrent les yeux pour les fixer sur le sol. C'était une bonne chose. Cela voulait dire qu'elles étaient faibles.

– Vous n'ignorez pas qu'en cas de grave conflit, susceptible de provoquer mort d'homme, nous devons nous présenter devant le Conseil des Seigneurs, rappela Kira.

Elle entendit quelques murmures d'assentiment. La main de Vandara serrait toujours la pierre, et ses épaules étaient rigides : elle se préparait à la lancer.

Kira essaya de croiser son regard mais elle était en train de convaincre les autres femmes de lui apporter leur soutien. Elle faisait appel non à leur sympathie, sachant bien qu'elles n'en avaient aucune, mais à leur crainte.

– Rappelez-vous la loi : si le Conseil des Seigneurs n'est pas saisi du conflit et s'il y a mort d'homme...

Elle entendit un murmure. Puis une femme qui répétait d'une voix hésitante et pleine d'appréhension le début du texte de loi : « S'il y a mort d'homme... »

Kira ne disait rien, elle attendait. Elle s'était redressée de toute sa taille et se tenait aussi droite que possible. Alors une voix se fit entendre au sein du groupe.

– ... le responsable de cette mort doit mourir, conclut la voix.

– Oui, le responsable de cette mort doit mourir, répétèrent d'autres voix comme en écho.

Une à une, les femmes lâchèrent leurs pierres. Toutes, elles refusaient d'avoir une mort sur la conscience. Kira commença à se détendre un peu. Attendit. Observa.

À la fin, il ne resta plus que Vandara avec une arme à la main. Elle lui décochait des regards furieux et la menaçait, arrondissant le coude comme si elle allait lancer la pierre. Mais elle finit par la lâcher elle aussi après avoir fait mine de la jeter dans la direction de Kira.

– Alors je la ferai comparaître devant le Conseil des Seigneurs, annonça Vandara aux femmes. Je suis disposée à être son accusatrice. Laissez-les la chasser *eux-mêmes*. (Elle eut un rire dur.) Inutile de gaspiller une vie pour nous débarrasser d'elle. Demain, avant le coucher de soleil, ce terrain nous appartiendra et elle ne sera plus là. Elle sera dans le Champ, à la merci des bêtes sauvages.

Les femmes jetèrent toutes un coup d'œil dans la direction de la forêt, maintenant criblée d'ombres : c'était le lieu où guettaient les bêtes.

Kira s'obligea à ne pas regarder dans la même direction.

Vandara flattait de la main – celle-là même qui avait tenu la pierre – sa cicatrice. Elle eut un sourire cruel.

– Voir son propre sang couler sur le sol, je sais ce que c'est. Mais j'ai survécu, rappela-t-elle à toutes les femmes. J'ai survécu grâce à ma force. Demain, à la nuit tombée, quand elle sentira des griffes plantées dans sa gorge, alors cette calamiteuse de bisyllabe regrettera de n'être pas morte de maladie près de sa mère.

Les femmes acquiescèrent d'un signe de tête, puis, tournant le dos à Kira, s'en furent. Le soleil était bas dans le ciel. Elles allaient maintenant vaquer aux tâches du soir et préparer le retour des hommes qui réclameraient de quoi manger, du feu et des bandages pour leurs blessures.

Une des femmes était sur le point d'accoucher ; peut-être la naissance aurait-elle lieu cette nuit, et les autres femmes resteraient-elles à son côté pour étouffer ses cris et évaluer la vigueur du nouveau-né. D'autres s'accoupleraient et procréeraient de nouveaux êtres, de nouveaux chasseurs destinés à remplacer les anciens – morts de vieillesse, de maladie ou bien de leurs blessures – et à assurer l'avenir du village.

Kira n'avait aucune idée de ce que le Conseil des Seigneurs allait décider. Elle savait seulement une chose : quel que fût son destin – rester ou partir, rebâtir le kot sur le terrain de sa mère ou entrer dans le Champ et braver les bêtes sauvages qui guettent dans la forêt –, elle devrait l'affronter seule. Épuisée, elle s'assit sur la terre mêlée de cendres pour attendre la nuit.

Elle étendit la main pour attraper un morceau de bois à sa portée, le tourna et retourna entre ses mains pour voir s'il était solide et bien droit. À supposer qu'on lui permît de rester, il lui faudrait, pour reconstruire son kot, quelques solides morceaux de bois dur. Elle irait chez Martin le bûcheron. C'était un ami de sa mère. Elle pourrait faire du troc avec lui, lui proposer, par exemple, de décorer un morceau de tissu pour sa femme en échange des petites poutres dont elle avait besoin.

Pour son futur travail, avec lequel elle pensait pouvoir gagner sa vie, elle aurait besoin également de morceaux de bois plus petits mais tout aussi droits. Celui-ci était trop souple, il ne conviendrait pas. Elle le laissa tomber à terre.

Le lendemain, si le Conseil des Seigneurs se prononçait en sa faveur, elle chercherait ce qu'il lui fallait exactement : de petits morceaux de bois très lisses qu'elle pourrait ajuster aux coins. Car elle projetait déjà de fabriquer un nouveau métier à broder.

Kira avait toujours été très adroite de ses mains. Quand elle était encore enfant, sa mère lui avait appris à tenir une aiguille, à la tirer dans l'étoffe et à créer des motifs avec des fils de couleur. Mais tout récemment, d'une manière presque fulgurante, son habileté aux travaux d'aiguille était devenue plus qu'un simple talent.

Non seulement elle avait assimilé à la perfection l'enseignement de sa mère, mais encore elle l'avait dépassé dans une incroyable explosion de créativité. Désormais, sans qu'on le lui ait appris, sans même qu'elle se soit exercée, sans hésitation aucune, ses doigts savaient comment jouer avec les fils spéciaux, comment tordre, entrelacer et piquer pour créer de riches dessins d'ornement où la couleur éclatait. Elle n'avait toujours pas compris comment ce mystérieux savoir lui était venu. Mais il était là, au bout de ses doigts qui tremblaient légèrement dans leur hâte fébrile à commencer. Si du moins on lui donnait l'autorisation de rester.

3

Un messager vint voir Kira à l'aube. Il avait un air d'ennui et ne cessait de gratter une piqûre d'insecte sur son cou. Elle devait se présenter devant le Conseil des Seigneurs avant la fin de la matinée. Quand la hauteur du soleil dans le ciel indiqua midi, elle mit un peu d'ordre dans sa toilette et s'en fut, respectueuse des ordres.

Le Palais du Conseil était d'une splendeur qui dépassait toute imagination. Il datait d'avant la Catastrophe, une époque si lointaine qu'aucun des contemporains de Kira, ni même aucun de leurs parents ou grands-parents ne l'avait connue. Les gens n'en auraient jamais entendu parler s'ils n'étaient tenus d'assister chaque année au récital donné en l'honneur du Grand Rassemblement. On y chantait toujours le même chant : le Chant de la Catastrophe.

La rumeur disait que le Chanteur dont la seule et unique fonction au village était de donner ce récital annuel s'y préparait en se reposant pendant des jours et des jours et en absorbant certaines huiles. Le Chant était interminable, épuisant. Il racontait toute l'histoire du monde à travers les siècles depuis le commencement des temps. C'était un chant effrayant. Les récits du passé étaient pleins de guerres et de désastres. Lorsqu'il évoquait la Catastrophe, c'est-à-dire la fin de la civilisation, l'effroi de l'assistance atteignait son apogée. Des versets entiers parlaient de vapeurs fuligineuses et de gaz mortels, de grandes failles dans la terre, de gigantesques bâtiments qui s'effondraient pour être emportés par la mer. Le peuple tout entier était tenu d'écouter chaque année le Chant d'un bout à l'autre, mais il arrivait que certaines mères, par mesure de protection, bouchent les oreilles de leurs plus jeunes minots à cet endroit du récit.

Presque rien n'avait échappé à la Catastrophe, mais, Dieu merci, le bâtiment appelé Palais du Conseil était demeuré debout, inébranlable. Il était d'une antiquité vénérable. Plusieurs fenêtres montraient encore des décorations formées de morceaux de verre colorés aux rouges profonds et aux ors sombres, ce qui ne laissait pas de surprendre, car le secret de cet art était perdu depuis longtemps. Sur les autres fenêtres, le verre coloré avait volé en éclats : tantôt, on l'avait remplacé par du verre blanc ordinaire et grossier constellé de bulles et de pailles à travers lequel on voyait le monde déformé ; tantôt, on s'était contenté de planches, condamnant ainsi à l'obscurité toute une partie du palais. Celui-ci n'en était pas moins une véritable splendeur, comparé aux cabanes et baraques ordinaires du village.

Kira, venue se présenter devant le Conseil des Seigneurs aux environs de midi, comme le messager le lui avait enjoint, parcourut seule un long corridor éclairé des deux côtés par de grandes appliques alimentées à l'huile d'où jaillissaient des flammes crépitantes. De loin lui parvenaient les voix des membres du Conseil qui discutaient à voix basse derrière une porte close. Son bâton sonnait lourdement sur le parquet et son pied mort frottait les planches avec un bruit de balai.

–Que la douleur te rende fière, lui disait toujours Katrina. Tu es plus forte que ceux qui ne souffrent pas.

Au souvenir de cette phrase, elle essaya de retrouver le sentiment d'orgueil que sa mère lui avait inculqué. Elle redressa ses minces épaules et lissa les plis de sa robe d'étoffe grossière. Elle s'était lavée avec soin dans l'eau claire de la rivière et avait même nettoyé ses ongles avec un petit morceau de bois pointu. Puis elle s'était peignée avec le peigne de bois sculpté qui avait appartenu à sa mère et dont elle avait enrichi son petit bagage après la mort de Katrina. Enfin, de ses mains adroites, elle avait tressé ses épais cheveux noirs en une lourde natte nouée à l'extrémité par un lien de cuir.

Kira inspira profondément pour tenter de maîtriser sa peur et frappa à l'imposante porte de la pièce où la réunion du Conseil des Seigneurs était déjà en train.

La porte s'entrouvrit, dessinant un triangle de lumière dans le corridor obscur. Un homme jeta un coup d'œil à l'extérieur et la dévisagea d'un air soupçonneux. Il ouvrit la porte un peu plus grand et lui fit signe de pénétrer dans la pièce.

–L'accusée dénommée Kira, orpheline de son état, est ici présente, proclama le factionnaire.

Le murmure des voix se tut. En silence, ils se tournèrent tous pour la regarder entrer.

La pièce était immense. Kira y était déjà entrée, en compagnie de sa mère, à l'occasion de cérémonies spéciales comme le Grand Rassemblement. Elles s'étaient alors assises avec la foule sur une des nombreuses rangées de bancs, face à l'estrade entièrement vide, à l'exception d'un autel portant l'objet du Culte, une mystérieuse construction en forme de croix. Autrefois, disait-on, cet objet avait eu un grand pouvoir, et les gens continuaient à lui témoigner leur humble respect d'une brève inclinaison de tête.

Mais, ce jour-là, Kira était seule. Il n'y avait plus de foule, plus de citoyens ordinaires, mais le seul Conseil des Seigneurs : douze hommes assis en face d'elle de l'autre côté d'une longue table au pied de l'estrade. Des rangées de lampes à huile illuminaient la pièce, et chacun des hommes avait derrière lui sa propre torche qui éclairait les papiers empilés et éparpillés sur la table. Ils la regardaient tous remonter l'allée centrale.

Kira, pour l'avoir observée lors de chaque cérémonie, savait quelle était la conduite requise en pareilles circonstances. En arrivant à la hauteur de la table, elle eut un regard respectueux pour l'objet du Culte, puis, vite, elle se figea dans une attitude déférente : mains jointes en forme de coupe, bout des doigts sous le menton. Les Seigneurs hochèrent la tête en signe d'approbation. Elle avait fait, semble-t-il, le geste qui convenait. Elle se détendit un peu et attendit. Qu'allait-il se passer ensuite ?

On entendit alors un second coup frappé à la porte, et le factionnaire annonça une seconde personne.

– L'accusatrice Vandara, lança-t-il.

L'affaire se réglerait donc entre elles deux. Kira regarda Vandara s'avancer à longues foulées jusqu'à la table devant laquelle elles se retrouvèrent côte à côte, face au Conseil des Seigneurs. Elle éprouva un léger sentiment de satisfaction en constatant que Vandara avait les pieds nus et la figure sale ; son ennemie n'avait fait aucune toilette particulière. Ce n'était peut-être pas nécessaire. Mais Kira eut l'impression que sa propreté lui avait valu un petit avantage, ne serait-ce qu'un peu de respect.

Vandara, les mains jointes comme il convenait, manifesta sa vénération pour l'objet du Culte. Sur ce point, elles étaient à égalité. Mais ensuite Vandara s'inclina, et Kira vit, non sans une petite morsure d'inquiétude au cœur, que les Seigneurs semblaient approuver ce geste.

J'aurais dû m'incliner. Il faut que je trouve une occasion de le faire.

– L'objet de la réunion de ce jour est le règlement d'un conflit, dit d'une voix autoritaire le Seigneur des Seigneurs, un homme aux cheveux blancs dont elle n'arrivait jamais à se rappeler le nom, un nom de quatre syllabes.

Je ne suis en conflit avec personne. Je voulais simplement reconstruire mon kot et vivre ma vie.

– Qui est l'accusatrice ? demanda l'homme aux cheveux blancs.

Bien entendu il connaît la réponse, pensa Kira. Mais il semblait que la question, toute rituelle, fît partie intégrante du cérémonial habituel. La réponse fut donnée par un autre membre du Conseil, un homme à la stature massive qui avait devant lui plusieurs volumes épais et une pile de papiers. Kira examina les livres avec curiosité. Elle avait toujours ardemment désiré lire. Mais les femmes n'y étaient pas autorisées.

– Seigneur des Seigneurs, l'accusatrice est la dénommée Vandara.

– Et l'accusée ?

– L'accusée est la dénommée Kira, jeune orpheline de son état.

L'homme jeta un vague coup d'œil à ses papiers ; il n'avait pas l'air de les lire.

Accusée ? De quoi suis-je accusée ? En entendant répéter le mot « accusée », Kira se sentit submergée par une vague de frayeur. *Toutefois, je peux profiter de l'occasion pour me prosterner et faire preuve d'humilité*. Elle inclina légèrement la tête et le haut du buste comme pour entériner son statut d'accusée.

L'homme aux cheveux blancs regarda avec impartialité les deux femmes. Kira, appuyée sur son bâton, essayait de se tenir aussi droite que possible. Elle était presque aussi grande que son accusatrice. Mais Vandara était plus forte et plus massive et ne souffrait d'aucune infirmité, à l'exception de la fameuse cicatrice qui rappelait qu'elle était sortie indemne d'un combat avec une bête sauvage. Si hideuse qu'elle fût, la cicatrice exaltait sa force. L'infirmité de Kira, elle, n'avait rien d'un titre de gloire, et la jeune fille se sentit faible, misérable et perdue auprès de la femme hargneuse au visage ravagé.

– L'accusatrice parlera la première, déclara le Seigneur des Seigneurs.

La voix ferme de Vandara s'éleva, implacable.

– La fille aurait dû être amenée au Champ dès sa naissance, lorsqu'elle n'avait pas encore de nom. C'est la coutume.

– Continuez, dit le Seigneur des Seigneurs.

– Elle était malformée. Et orpheline de père par-dessus le marché. On n'aurait pas dû la garder.

Mais j'étais forte. Et j'avais les yeux brillants. Ma mère me l'a dit. Elle a refusé de me laisser partir. Kira déplaça son poids sur sa jambe valide pour reposer l'autre. Elle se demandait si elle aurait l'occasion de raconter l'histoire de sa naissance. *Je lui ai agrippé le pouce si fort.*

– Nous avons tous toléré sa présence parmi nous ces dernières années, poursuivit Vandara. Mais elle n'a pas apporté sa contribution. Elle ne peut ni bêcher, ni planter, ni sarcler, ni même soigner les animaux domestiques comme le font les filles de son âge. Elle traîne partout cette jambe morte comme un fardeau inutile. Elle est lente, et elle *mange* beaucoup.

Le Conseil des Seigneurs écoutait attentivement la plaidoirie de Vandara. La honte avait enflammé le visage de Kira. C'était vrai qu'elle mangeait beaucoup. Tous les reproches dont l'accablait son accusatrice étaient parfaitement fondés.

Je peux essayer de manger moins. Supporter la faim.

Mentalement, Kira préparait sa défense, mais elle savait déjà que celle-ci, trop plaintive, resterait sans effet.

– On l'a gardée, au mépris des lois, parce que son grand-père, qui avait du pouvoir, était toujours vivant. Mais il y a bien longtemps qu'il est parti et qu'il a été remplacé par un nouveau chef doté d'un pouvoir et d'une sagesse bien supérieurs...

Vandara abreuvait de compliments le Seigneur des Seigneurs dans l'espoir de renforcer sa position, et Kira jeta un coup d'œil à celui-ci pour voir s'il était le moins du monde troublé par la flatterie. Mais il gardait un visage impassible.

– Son père a été tué par des bêtes sauvages avant même sa naissance, poursuivit Vandara. Et maintenant, sa mère est morte. Il y a même lieu de croire qu'elle a été victime d'une maladie contagieuse...

Non ! Elle a été la seule à tomber malade ! Regardez-moi donc ! J'étais étendue près d'elle, quand elle est morte, et je ne suis pas malade !

– ... Il n'y a pas de place ici pour cette fille inutile. Elle ne peut pas se marier. Qui voudrait d'une infirme ? Espace, nourriture, elle prend tout et, par-dessus le marché, elle perturbe la discipline en racontant des histoires aux minots et en leur apprenant des jeux : ça fait du bruit et ça gêne le travail.

Le Seigneur des Seigneurs agita la main.

– Suffit, déclara-t-il.

Vandara fronça les sourcils mais se tut avant de faire une petite révérence.

Le Seigneur des Seigneurs regarda tour à tour les onze autres membres du Conseil comme s'il attendait des questions, des commentaires.

Un à un, ils firent un petit signe affirmatif, et ce fut tout.

– Kira, dit le Seigneur aux cheveux blancs, en ta qualité de bisyllabe, tu n'es pas obligée de te défendre toi-même.

– Ne pas me défendre moi-même ? Mais...

Kira avait pensé à s'incliner à nouveau, mais dans son affolement elle oublia, se le rappela trop tard, après coup, et s'inclina hors de propos. Il agita la main pour lui demander de se taire. Elle s'efforça de l'écouter sans mot dire.

– En raison de ta jeunesse, expliqua-t-il, tu as le choix. Tu peux te défendre toi-même...

Elle l'interrompit à nouveau, incapable de se retenir.

– Oh oui ! Je veux me...

Il ne tint aucun compte de sa sortie et poursuivit.

– ... ou bien nous nommerons un avocat qui plaidera en ta faveur. L'un de nous te défendra en s'appuyant sur notre sagesse et notre expérience considérables. Réfléchis un instant à ma proposition, Kira, car ton existence en dépend peut-être.

Vous n'êtes que des étrangers pour moi. Comment puis-je vous raconter l'histoire de ma naissance ? Comment puis-je vous décrire mes yeux brillants et la force avec laquelle j'agrippais le pouce de ma mère ?

Kira se tenait debout, misérable, tandis que son avenir était en train de se jouer. Elle sentait l'hostilité à ses côtés ; bien que Vandara eût été réduite au silence, elle avait une respiration haletante et colère. La jeune fille regarda les hommes assis autour de la table pour essayer de les évaluer en tant que défenseurs. Ils ne semblaient éprouver pour elle ni hostilité, ni intérêt particulier, mais simplement une espèce d'impatience dans l'attente de sa décision.

Tandis qu'elle était au supplice, ses mains s'enfoncèrent dans la profondeur des poches de sa robe de toile. Elle reconnut la forme familière du peigne de bois de sa mère qu'elle caressa pour se donner du courage. Et de son pouce elle toucha un petit carré d'étoffe décorée. Les jours qu'elle venait de vivre avaient été si bouleversés qu'elle en avait oublié le bout de tissu ; et voilà qu'elle se rappelait tout à coup comment le dessin était né sous ses doigts, alors qu'elle était assise au chevet de Katrina, quelques jours avant sa mort.

Quand elle était beaucoup plus jeune, presque une enfant encore, l'étrange savoir lui avait été donné contre toute attente. Elle se rappelait encore l'expression de surprise de sa mère, tandis qu'un après-midi elle regardait Kira choisir ses fils à broder et orner son morceau d'étoffe avec une soudaine sûreté. « Je ne t'ai jamais appris ça », disait Katrina, abasourdie, en riant de plaisir. « Je ne saurais même pas comment faire ! » Kira non plus n'avait jamais su, enfin pas vraiment. Cela s'était fait quasiment tout seul, presque magiquement, comme si les fils lui avaient parlé ou chanté une chanson. Après cette première fois, l'étrange savoir n'avait plus cessé de grandir.

Elle étreignit le bout de tissu en se rappelant le sentiment de certitude qu'il lui avait donné. Mais elle ne ressentait plus rien de cette certitude. Elle ne trouverait en elle aucun argument pour se défendre. Elle comprit qu'il lui faudrait abandonner ce rôle à l'un de ces hommes, des étrangers, tous. Elle les regarda avec des yeux effrayés. Cependant, il y en eut un parmi eux qui lui rendit son regard – et c'était un regard calme, rassurant. Elle devina l'importance qu'il aurait pour elle. Elle devina aussi autre chose : sa sagacité, son expérience. Sous ses doigts le tissu brodé avait une chaleur familière. Elle trembla. Mais sa voix resta ferme.

– S'il vous plaît, dit-elle, nommez un défenseur.

Le Seigneur des Seigneurs hocha la tête.

– Jamison, dit-il, sans une hésitation – et il désigna d'un mouvement de tête le troisième homme à sa gauche.

L'homme aux yeux calmes et attentifs se leva pour défendre Kira. Elle attendit.

4

Tel était donc son nom : Jamison. Il ne lui était pas familier. Le village était si peuplé, et la séparation entre hommes et femmes si radicale dès la fin de l'enfance.

Kira le regarda. Il était grand, avec des cheveux noirs mi-longs soigneusement peignés et attachés sur la nuque par une barrette de bois ouvragé où elle reconnut la main du jeune sculpteur – quel était donc son nom ? Ah oui, Thomas. C'était encore un jeune garçon, à peine plus âgé qu'elle, mais il avait déjà été sélectionné pour ses dons exceptionnels, et les pièces qui sortaient de ses mains adroites étaient très recherchées par l'aristocratie du village. Les gens ordinaires, eux, ne portaient aucune parure. Katrina, la mère de Kira, portait bien un pendentif au bout d'un lacet de cuir, mais elle le gardait toujours caché dans le décolleté de sa robe.

Jamison prit les papiers empilés sur la table devant lui ; Kira l'avait vu annoter méticuleusement ces papiers, tandis qu'il écoutait l'accusatrice. Il avait de grandes mains aux doigts déliés et aux gestes sûrs :

aucune hésitation, aucune imprécision. Kira nota que son poignet droit était orné d'un bracelet de cuir tressé, et son bras, nu à partir du bracelet, musclé et vigoureux. Il n'était pas vieux. Son nom, Jamison, ne comptait que trois syllabes, et ses cheveux ne grisonnaient pas. Il devait avoir atteint l'âge mûr, estima-t-elle, l'âge même de sa mère peut-être.

Il jeta un coup d'œil à la feuille posée au-dessus de la pile. De sa place, Kira voyait les notes qu'il était en train de consulter. Que n'aurait-elle donné pour savoir lire !

Enfin, il prit la parole.

– J'aborderai les accusations une par une, dit-il.

Il répéta très exactement toutes les phrases de Vandara, à cette différence près qu'il n'imitait pas son ton vindicatif : La fille aurait dû être emmenée au Champ dès sa naissance, quand elle n'avait pas encore de nom. C'est la coutume.

Voilà donc ce qu'il avait noté ! Il avait consigné par écrit toutes ses paroles afin de pouvoir les répéter ! Malgré sa douleur de réentendre les accusations, Kira réalisa, avec une sorte de crainte respectueuse, la force de la répétition. Comment contrer ensuite ce qui avait été dit ? Aucun argument ne tiendrait. Elle l'avait déjà vu chez les minots, batailles et bagarres au poing commençaient le plus souvent par des : « tu as dit que, j'ai dit que, il a dit que tu as dit que », et ainsi de suite, avec des variations à l'infini.

Jamison posa les papiers sur la table et prit un lourd volume relié en cuir vert. Chacun des Seigneurs, nota

Kira, avait un volume identique. Il l'ouvrit à une page qu'il avait marquée pendant la séance. Kira l'avait vu tourner les pages du livre, tandis que Vandara prononçait son réquisitoire.

– L'accusatrice a raison, c'est la coutume, dit Jamison aux Seigneurs.

Kira se sentit cruellement trahie : n'avait-il pas été choisi pour la défendre ?

Il indiquait maintenant du doigt une page au texte très serré. Kira vit quelques-uns des membres du Conseil tourner eux aussi les pages de leur livre vert, à la recherche du même passage. D'autres opinaient simplement de la tête, comme s'ils se souvenaient du texte avec une telle précision qu'ils n'avaient nul besoin de le relire.

Elle vit Vandara sourire légèrement.

Effondrée, Kira toucha à nouveau le petit carré d'étoffe au fond de sa poche. Il avait perdu sa chaleur. Il avait perdu son pouvoir de consolation.

– Mais si l'on se réfère, disait Jamison, à la troisième série d'amendements...

Les Seigneurs se mirent tous à tourner les pages de leur livre et à chercher le passage en question. Même ceux dont les volumes étaient restés jusque-là fermés.

– Il apparaît qu'il peut y avoir des exceptions.

– Il peut y avoir des exceptions, répéta l'un des Seigneurs en suivant du doigt sur la page les mots qu'il lisait.

– Aussi pouvons-nous rejeter l'affirmation selon laquelle c'est la coutume, proclama Jamison avec assurance. Ce n'est pas nécessairement la coutume dans tous les cas.

C'est mon défenseur ! Peut-être trouvera-t-il un moyen de me laisser en vie !

– Souhaites-tu prendre la parole ? demanda Jamison à Kira.

Elle toucha son bout de tissu et fit signe que non. Alors Jamison continua, sans cesser de consulter ses notes :

– Elle était donc malformée. Et, qui plus est, orpheline de père. On n'aurait pas dû la garder.

Cette seconde répétition lui fit mal parce qu'elle était vraie. Sa jambe aussi lui faisait mal. Elle n'était pas habituée à rester immobile aussi longtemps. Elle essaya de déplacer son poids sur sa jambe valide pour soulager l'autre.

– Ces accusations sont fondées. (Jamison, de sa voix égale, répétait l'évidence.) La dénommée Kira était malformée à la naissance. Elle avait une infirmité visible et inguérissable.

Les Seigneurs la fixaient de tous leurs yeux. Vandara elle aussi la dévisageait, avec mépris. Kira avait l'habitude d'être dévisagée. Toute son enfance, on l'avait accablée de sarcasmes. Mais, avec sa mère pour mentor et professeur, elle avait appris à garder la tête haute. Ce jour-là encore, c'est ainsi qu'elle se comporta, regardant ses juges bien en face.

– Et, qui plus est, elle était orpheline de père, poursuivit Jamison.

Tout au fond de sa mémoire, Kira entendait encore

les explications de sa mère. Elle était alors toute petite et se demandait pourquoi elle n'avait jamais eu de père. « Il n'est jamais rentré de la grande chasse. C'était avant ta naissance, disait doucement Katrina. Il a été emporté par les bêtes. »

Elle entendit Jamison répéter, exactement dans les mêmes termes, ses propres pensées, comme si elles avaient été audibles.

– Avant sa naissance, expliquait-il, son père a été emporté par les bêtes.

Le Seigneur des Seigneurs leva les yeux de ses papiers et, prenant à témoin les autres membres du Conseil, interrompit Jamison.

– Son père s'appelait Christopher. C'était un excellent chasseur, l'un des meilleurs. Certains d'entre vous s'en souviennent probablement.

Plusieurs firent signe que oui. Son défenseur aussi.

– Je me trouvais ce jour-là avec le groupe des chasseurs, dit-il. J'ai vu les bêtes l'emporter.

Vous avez vu les bêtes emporter mon père ? Kira ignorait tout des détails de la tragédie. Elle savait seulement ce que sa mère avait bien voulu lui en dire. Et voilà que cet homme avait connu son père. Et qu'il s'était trouvé là !

A-t-il eu peur ? Mon père a-t-il eu peur ? C'était une question étrange, intempestive, et Kira ne la posa pas à voix haute. Mais elle-même avait peur, si peur ! Elle sentait à ses côtés la haine de Vandara comme une véritable présence. Elle avait l'impression d'être elle-même emportée par les bêtes, et sur le point de mourir.

Elle essaya de se représenter l'instant qu'avait vécu son père.

– Le troisième amendement s'applique également à ce cas, déclara Jamison. À l'accusation : « On n'aurait pas dû la garder » je réponds qu'il peut y avoir des exceptions, comme le prévoit le troisième amendement.

Le Seigneur des Seigneurs hocha la tête.

– Le père de l'accusée était un excellent chasseur, répéta-t-il.

Les autres membres du Conseil, prenant exemple sur lui, chuchotèrent un oui d'approbation.

– Souhaites-tu prendre la parole ? demanda Jamison à Kira.

À nouveau, elle secoua la tête. À nouveau, elle se sentit, au moins provisoirement, épargnée.

– Mais elle n'a pas apporté sa contribution, lut ensuite Jamison. Elle ne peut ni bêcher, ni planter, ni sarcler, ni même soigner les animaux domestiques comme le font les filles de son âge. Elle traîne partout sa jambe morte comme un fardeau inutile. Elle est lente, continua-t-il.

Tandis qu'il concluait : « et elle mange beaucoup », Kira vit une ombre de sourire passer sur son visage. L'homme resta silencieux pendant un instant avant d'ajouter :

– Bien que son défenseur, je concéderai quelques-uns de ces points. Il est clair que la jeune fille ne peut ni bêcher, ni planter, ni sarcler, ni même soigner les animaux domestiques. Je crois cependant qu'elle a trouvé un moyen d'apporter sa contribution. Est-ce que je me trompe, Kira, si je dis que tu travailles à l'atelier de tissage ?

Kira, surprise, approuva. Comment le savait-il ? Les hommes ne s'intéressaient pas le moins du monde au travail des femmes.

– Oui, dit-elle d'une voix affaiblie par l'angoisse, j'aide à l'atelier. Mais pas au tissage proprement dit. Je ramasse les bouts de tissu qui traînent et je prépare les métiers. C'est un travail pour lequel je n'ai besoin que de mes mains et de mes bras. Et je suis solide.

Kira se demanda si elle devait parler de ses talents de brodeuse et de son espoir d'en faire – un jour peut-être – son gagne-pain. Mais elle ne voyait pas comment dire une pareille chose sans avoir l'air de se vanter, aussi resta-t-elle silencieuse.

– Kira, dit Jamison en se tournant vers elle, montre au Conseil des Seigneurs que tu souffres bien d'une malformation. Laisse-nous te regarder marcher. Va jusqu'à la porte et reviens.

C'est bien cruel de sa part, pensa Kira. *Tout le monde sait que j'ai une jambe torse. Pourquoi faudrait-il que je l'exhibe devant eux et que je subisse leur humiliante curiosité ?* L'espace d'un instant, elle fut tentée de refuser ou tout au moins de discuter. Mais l'enjeu était trop considérable. Il ne s'agissait pas de ces jeux de minots qui comportent inévitablement discussions et bagarres, mais d'une épreuve qui allait décider de son avenir, voire de l'existence ou non de cet avenir. Kira soupira mais obtempéra. Appuyée sur son bâton, elle s'avança lentement jusqu'à la porte en se mordant la lèvre inférieure : la jambe qu'elle traînait derrière elle, pas à pas, lui faisait mal. Elle sentait dans son dos le regard méprisant de Vandara.

Une fois à la porte, Kira fit demi-tour et regagna lentement sa place. La douleur se réveilla dans son pied et irradia bientôt toute sa jambe torse. Elle désirait furieusement s'asseoir.

– Elle traîne effectivement la jambe, et elle est lente, fit observer Jamison sans nécessité. Je l'admets. Cependant, il n'y a rien à redire à son travail. Elle se rend chaque jour à l'atelier de tissage, à heures régulières, et elle n'est jamais en retard. Les femmes de l'atelier apprécient beaucoup son aide. Quant à l'accusation « elle mange beaucoup », ajouta-t-il en riant sous cape, elle est absurde et sans fondement. Regardez comme elle est mince ! Sa seule silhouette suffit à démentir pareille accusation. Mais je la soupçonne d'avoir faim maintenant. D'ailleurs, c'est mon cas. Je propose donc que nous fassions une pause pour nous restaurer.

Le Seigneur des Seigneurs se leva.

– Souhaites-tu prendre la parole ? demanda-t-il pour la troisième fois à Kira.

Pour la troisième fois, elle secoua la tête en signe de dénégation. Elle se sentait horriblement fatiguée.

– Vous pouvez vous asseoir, intima-t-il à Kira et Vandara. On va vous apporter votre repas.

Reconnaissante, Kira, occupée à masser sa jambe douloureuse, s'apprêtait à s'asseoir sur le banc le plus proche quand, de l'autre côté de la travée, elle vit Vandara s'incliner. *J'ai encore oublié. J'aurais dû m'incliner !* Lorsqu'elle finit par s'asseoir, elle avait le visage pétrifié.

Le Seigneur des Seigneurs jeta un coup d'œil à sa pile de papiers.

– Il y a encore cinq chefs d'accusation, dit-il. Après le dîner, nous statuerons et nous prendrons une décision.

Le repas fit son apparition. Le factionnaire tendit une assiette à Kira. Elle regarda le poulet rôti et le pain croustillant parsemé de graines de céréales et huma l'odeur délicieuse. Elle n'avait rien mangé depuis des jours, sinon des légumes crus, et il y avait des mois qu'elle n'avait pas goûté au poulet. Mais elle entendait encore Vandara proférer d'une voix perçante l'accusation vengeresse : « elle mange beaucoup ».

Mieux valait ne pas montrer à quel point elle avait faim – c'était trop risqué. Kira se fit donc violence et se contenta de picorer le dîner si tentant. Puis elle repoussa son assiette à moitié pleine et but à petites gorgées la tasse d'eau qu'on lui avait apportée. Épuisée, effrayée, et toujours affamée, elle caressa le bout de tissu au fond de sa poche et se prépara à affronter la seconde série d'accusations.

Les douze Seigneurs avaient quitté la pièce par une porte latérale pour se rendre vraisemblablement dans une salle à manger privée. Au bout d'un moment, le factionnaire vint reprendre les plateaux. Il était maintenant l'heure de prendre un peu de repos. Le procès reprendrait quand la cloche aurait sonné deux coups. Vandara se leva et quitta la pièce à son tour. Kira, elle, attendit un moment, puis s'achemina vers la porte du Palais – via le long corridor – et sortit.

Dehors, le monde était inchangé. Les gens allaient et venaient, occupés à différentes tâches, et discutant à qui mieux mieux. Des voix criardes montaient du marché : femmes vociférant contre les prix scandaleux, vendeurs vociférant à leur tour contre les mauvaises clientes. Il y avait des bébés qui pleuraient, des minots qui se battaient, des chiens errants qui se disputaient les débris tombés à terre et grondaient en se montrant les crocs.

Le jeune Matt fit une apparition ; il passait en courant avec quelques autres garçons. Quand il vit Kira, il hésita, puis s'arrêta et revint sur ses pas.

– On a des jeunes arbres pour toi, murmura-t-il. Moi et des aut' minots. On a fait un tas. Après, on commencera ton kot, si tu veux. (Il s'interrompit, curieux.) Si c'est qu't'as besoin d'un kot, j'veux dire. Quoi qu'y s'passe là-bas ?

Ainsi, Matt était au courant du procès. Rien d'étonnant à cela. Ce garçon semblait être au courant de tout ce qui arrivait au village. Kira haussa les épaules avec une feinte indifférence. Elle préférait ne pas lui montrer à quel point elle était effrayée.

– Beaucoup de discours, dit-elle.

– L'est là aussi ? L'femme qu'a une affreuse cicatrice ?

Kira savait parfaitement de qui il parlait.

– Oui, c'est l'accusatrice.

–Une dure que c'est, la Vandara. Disent qu'al a tué son minot. Disent qu'al lui a donné à manger du laurier-rose. Al s'est assise près de lui et al lui a tenu la tête jusqu'à quand qu'il en a mangé… y voulait pas pourtant.

Kira connaissait l'histoire.

–On a jugé que c'était un accident, rappela-t-elle à Matt malgré ses doutes. Ce n'est pas la première fois que des minots mangent des feuilles de laurier-rose. C'est très dangereux, une plante vénéneuse qui pousse en liberté comme ça partout. On devrait l'arracher au lieu de la laisser à la portée des minots.

Matt secoua la tête.

–C'est qu'on en a besoin, al nous apprend, fit-il remarquer. Ma mwé al me frappait quand c'est que j'la touchais. Me cognait la tête tout partout si fort affreux que j'croyais qu'mon cou l'allait craquer. Comme ça qu'j'ai appris pour le laurier-rose.

–Eh bien, le Conseil des Seigneurs a jugé Vandara et conclu à son innocence, répéta Kira.

–Une dure que c'est en tout cas. Ont dit ça à cause de l'affreuse blessure. La douleur al l'avait rendue cruelle.

La douleur m'a rendue fière, pensa Kira, mais elle ne souffla mot.

–Quand t'auras fini ?

–Ce soir.

–On va l'faire, ton kot. Mes copains, quelques-uns, y vont aider.

–Merci, Matt. Tu es un ami, un vrai de vrai.

Dans son embarras, il fit une grimace.

–As besoin d'un kot, dit-il en se détournant pour

courir à la poursuite des autres garçons. Et tu nous racontes plein d'histoires en plus, ajouta-t-il. As besoin d'un coin pour ça.

Kira sourit en le regardant détaler comme un lièvre. Tout en haut du Palais du Conseil, la cloche sonna deux coups. Elle se prépara à y rentrer.

Jamison avait repris la liste des accusations et lisait :

– On l'a gardée, au mépris des lois, parce que son grand-père, qui avait du pouvoir, était encore vivant. Mais il y a longtemps qu'il a disparu.

Ils lui avaient permis de s'asseoir pour la séance de l'après-midi. Et ils avaient dit la même chose à Vandara. Kira leur en était reconnaissante. Si Vandara était restée debout, elle aurait délibérément ignoré la douleur lancinante de sa jambe et serait restée debout elle aussi.

À nouveau, le Seigneur qui la défendait répéta qu'il y avait des exceptions prévues par la loi. Cette fois, si effrayantes que fussent les accusations, la jeune fille fut surtout sensible à l'ennui de la répétition. Elle s'endormait. Pour maintenir son attention éveillée, elle toucha le petit tissu au fond de sa poche et se représenta les couleurs des motifs.

L'étoffe grossière destinée aux vêtements de la communauté était d'un gris terne et uniforme ; les tuniques et pantalons informes que portaient les gens du peuple n'avaient d'autre fonction que de protéger des épines, des baies empoisonnées ou encore d'une soudaine averse. Pas question, donc, de l'égayer si peu que ce soit.

Mais la mère de Kira connaissait l'art de la teinture. Les rares fois où l'on avait besoin de fils et de filés de couleur pour orner quelque vêtement, c'était toujours de ses mains tachées qu'ils sortaient. La Robe portée par le Chanteur lors de son récital annuel était richement brodée. Les scènes compliquées qu'on pouvait y admirer y figuraient depuis plusieurs siècles. C'était la Robe qui avait habillé des générations et des générations de Chanteurs. Un jour, il y avait très longtemps, on avait demandé à Katrina d'ôter et de remplacer quelques fils rompus. Kira avait beau être toute petite à l'époque, elle se souvenait encore qu'un Seigneur avait apporté la fabuleuse Robe dans la cabane et attendu que sa mère eût terminé la menue réparation ; elle se revoyait même debout dans un coin sombre du kot en train de regarder Katrina pousser à travers le tissu une aiguille d'os avec un beau fil de couleur vive ; peu à peu, elle avait vu la petite éraillure d'une des manches remplacée par un or somptueux. Puis la Robe avait été remportée.

Cette année-là, lors du Grand Rassemblement, Kira et sa mère avaient toutes les deux regardé très attentivement la scène et essayé de repérer l'endroit de la Robe restauré par Katrina quand le Chanteur bougeait les bras. Mais elles étaient trop loin de l'estrade, et le morceau d'étoffe en question trop petit.

Depuis, chaque année, ils rapportaient l'antique Robe à Katrina pour qu'elle y fasse de menues réparations.

Une année, Katrina avait dit au Seigneur : « Un jour,

ma fille sera capable de me remplacer. Voyez ce qu'elle a fait ! » et elle lui avait montré le morceau de tissu que Kira venait de décorer, ou plutôt qui était né comme par magie entre ses doigts. « Elle est infiniment plus adroite que moi », avait-elle ajouté.

Tandis que le Seigneur examinait la broderie, Kira était restée debout sans mot dire, à la fois fière et embarrassée. Il s'était contenté de hocher la tête et de lui rendre le petit bout de tissu sans faire le moindre commentaire. Mais elle avait vu ses yeux brillants d'intérêt, et désormais, tous les ans, il avait demandé à voir son travail.

Kira restait toujours à côté de sa mère sans jamais oser toucher l'antique et fragile étoffe, chaque fois émerveillée par la richesse des teintes qui racontaient l'histoire du monde. Il y avait des ors, des rouges, des bruns. Et, ici et là, ce qui avait été jadis du bleu et qui avait pâli jusqu'à devenir presque blanc. Katrina lui avait montré tous les endroits où il restait des traces de l'ancien bleu.

Elle ne connaissait pas le secret du bleu. Quelquefois, en regardant l'énorme bol renversé du ciel au-dessus du monde, elles en parlaient toutes les deux. « Si seulement je savais faire le bleu ! disait Katrina. J'ai entendu dire qu'il existe quelque part une plante spéciale. » Elle jetait un coup d'œil à son propre jardin, si luxuriant, rempli de fleurs et de plantes de toutes sortes avec lesquelles créer des ors, des verts, des roses, et secouait la tête, affamée de la seule couleur qu'elle était incapable de créer.

Et voilà que sa mère était morte.

Et maintenant, ma mère est morte.

Kira fut brusquement arrachée à l'évocation rêveuse de ses souvenirs. Quelqu'un était en train de prononcer ces mots. Elle s'obligea à écouter.

– Et maintenant, sa mère est morte. Il y a même lieu de croire que sa mère était atteinte d'une maladie contagieuse... et les femmes ont besoin de son terrain. Il n'y a pas de place pour cette bouche inutile. Elle ne peut pas se marier. Qui voudrait d'une infirme ? Espace, nourriture, elle prend tout et, qui plus est, elle perturbe la discipline en racontant des histoires aux minots et en leur apprenant des jeux ; ça fait du bruit et ça gêne le travail.

Le procès s'éternisait. Les accusations de Vandara furent répétées une par une en une sorte de litanie, et le défenseur lut et relut l'amendement qui prévoyait des exceptions.

Mais Kira nota un changement de ton. Changement minime, certes, mais elle perçut la différence. Quelque chose s'était passé lorsque les membres du Conseil des Seigneurs s'étaient retirés pour dîner. Elle vit Vandara, apparemment mal à l'aise, s'agiter sur son banc, et comprit que son accusatrice elle aussi avait remarqué la différence.

Et, saisissant le bout de tissu porte-bonheur au fond de sa poche, elle prit soudain conscience que sa chaleur et son pouvoir de consolation étaient revenus.

Durant ses rares heures de loisir, Kira s'était souvent exercée à décorer de petits morceaux d'étoffe et avait senti une fièvre s'emparer de ses doigts, à mesure que son incroyable talent se développait. Elle se servait des chutes de tissu négligées par l'atelier de tissage. Ce n'était pas une infraction. Elle avait obtenu l'autorisation de les rapporter chez elle.

Quelquefois, satisfaite de son travail, elle le montrait à sa mère qui approuvait d'un petit sourire plein de fierté. Mais, le plus souvent, elle était déçue : ses efforts n'avaient abouti qu'à des ouvrages médiocres et imparfaits de jeune apprentie, qu'elle jetait évidemment.

Quant au bout de tissu porte-bonheur – celui qu'elle était en train de chiffonner nerveusement dans sa main droite –, elle l'avait brodé quand Katrina était tombée malade. Kira, assise, impuissante et misérable, au chevet de la mourante, ne cessait de se pencher pour porter un peu d'eau aux lèvres de sa mère. Elle lui lissait les cheveux, lui réchauffait ses pieds froids et tenait ses mains tremblantes, consciente de ne rien pouvoir faire de plus. Un jour, tandis que Katrina dormait d'un sommeil agité, Kira choisit dans son panier un assortiment de fils de couleur et commença à broder le tissu avec une aiguille en os. Cela l'apaisait de travailler ainsi, et le temps passait plus vite.

Les brins de fil se mirent à lui chanter des espèces de chansons. Ce n'étaient pas des mots, ni des sons, mais une pulsation, un frémissement entre ses doigts. À croire qu'ils étaient vivants. Pour la première fois, ses doigts ne guidaient pas les fils mais, au contraire, leur obéissaient et allaient où ils voulaient. Elle pouvait même fermer les yeux, l'aiguille courait toute seule à travers le tissu, comme appelée par la fiévreuse vibration des fils.

Quand elle entendit sa mère murmurer, Kira se pencha à nouveau avec la timbale d'eau et humecta les lèvres desséchées. C'est alors seulement qu'elle jeta un coup d'œil au petit tissu posé sur ses genoux. Il avait quelque chose de rayonnant. Malgré le faible éclairage du kot (la nuit commençait à tomber), les ors et les rouges palpitaient comme si les rayons du soleil matinal étaient venus se faufiler dans la trame de l'étoffe. Les fils brillants s'entrecroisaient pour former un dessin compliqué au point bouclé et au point de nœud qu'elle n'avait jamais vu ni entendu décrire et qu'elle n'aurait pu créer toute seule.

Quand les yeux de Katrina s'ouvrirent pour la dernière fois, Kira brandit le tissu frémissant de vie pour le montrer à la mourante. Celle-ci ne dit rien – les mots, désormais, lui échappaient – mais elle sourit.

Ce jour-là encore, le tissu brodé au creux de sa main délivrait, semblait-il, un message muet mais vibrant à Kira. Il lui disait que tout danger n'était pas écarté. Mais aussi qu'elle serait sauvée.

5

Kira remarqua pour la première fois un grand coffre posé sur le plancher derrière les sièges des membres du Conseil.

Il n'y **était** pas avant le repas.

Kira et Vandara regardaient de tous leurs yeux. Sur un signe de tête du Seigneur des Seigneurs, un des gardes porta le coffre sur la table et souleva le couvercle. Jamison en sortit quelque chose qu'il déplia et que Kira reconnut immédiatement.

– La Robe du Chanteur ! s'écria-t-elle avec ravissement.

– Quel rapport avec le procès ? marmonna Vandara qui se pencha tout de même pour regarder elle aussi.

La Robe était déployée sur la table dans toute sa magnificence. D'ordinaire, on ne l'apercevait qu'une fois par an, lorsque les gens du village se rassemblaient pour écouter le Chant de la Catastrophe qui narrait l'histoire de leur peuple. La plupart des citoyens, qui se pressaient dans l'auditorium pour l'occasion, ne voyaient la Robe que de très loin ; aussi leur fallait-il pousser, bousculer, jouer des coudes dans l'espoir de s'approcher et d'entrevoir quelque chose.

Kira, elle, connaissait bien la Robe. Chaque année, sa mère, qui était chargée de l'entretenir, y faisait de minutieuses réparations, sous la surveillance discrète mais attentive d'un des Seigneurs. Kira, à qui on avait interdit de la toucher, regardait, regardait, chaque fois émerveillée par l'adresse de sa mère, son aptitude à choisir la nuance exacte.

Là, sur l'épaule gauche ! Kira se rappela soudain le petit coin de la Robe où, l'année précédente, quelques fils tirés s'étaient rompus ; elle se rappela avec quel soin, quelle tendre patience Katrina les avait enlevés. Elle avait ensuite choisi toute une gamme de roses allant très progressivement du rose pâle au pourpre en passant par des roses de plus en plus foncés ; et puis elle avait lancé ses points colorés sur l'étoffe, raccordant à la perfection la nouvelle broderie à l'ancienne, si raffinée.

Jamison observait le visage songeur de Kira.

– Ta mère t'a initiée à cet art, dit-il.

Kira hocha la tête.

– Depuis mon plus jeune âge, reconnut-elle à voix haute.

– Ta mère était une ouvrière expérimentée. Ses teintures étaient solides ; elles n'ont pas passé.

– Elle était soigneuse, commenta Kira. Et même minutieuse.

– On dit que tu as plus de talent qu'elle.

Ils savaient donc.

– J'ai encore beaucoup à apprendre, répondit-elle.

– Et elle t'a appris non seulement les points mais aussi les couleurs ?

Kira fit signe que oui, car elle savait bien qu'il attendait cela d'elle. Mais ce n'était pas tout à fait vrai. Katrina avait projeté de lui enseigner aussi l'art de la teinture, le moment venu, mais la maladie avait frappé – trop tôt. Elle s'efforça de répondre honnêtement.

– Elle avait commencé à m'apprendre. Une certaine Annabel lui avait transmis cet art.

– Annabella à présent, dit Jamison.

– Elle vit toujours ? demanda Kira, surprise. Et c'est une quadrisyllabe ?

– Elle est très vieille, et sa vue a sérieusement baissé. Mais elle peut toujours servir de ressource.

Quelle sorte de ressource ?

Mais Kira resta silencieuse.

Tout au fond de sa poche, elle sentait la chaleur du morceau d'étoffe.

Tout à coup Vandara se dressa.

– J'exige la reprise du procès, dit-elle abruptement. Ceci n'est qu'une manœuvre de diversion de la part du défenseur.

Le Seigneur des Seigneurs se leva, et autour de lui, les autres membres du Conseil qui chuchotaient déjà entre eux se turent.

– Tu peux t'en aller, dit-il à Vandara d'une voix totalement dénuée de malveillance. Le procès est terminé, et notre décision prise.

Vandara, toujours silencieuse, ne bronchait pas. Elle fixait le Seigneur des Seigneurs d'un air soupçonneux.

Il fit un petit signe de tête, et deux gardes s'avancèrent pour l'escorter hors de la pièce.

– J'ai le droit de connaître votre décision, cria Vandara avec un visage que la colère déformait.

Elle s'arracha aux mains de ses gardes et fit face au Conseil des Seigneurs.

– En réalité, dit le Seigneur des Seigneurs, tu n'as aucun droit. Cependant, pour éviter tout malentendu, je vais t'informer de notre décision. L'orpheline Kira restera parmi nous. Avec une nouvelle fonction.

D'un geste, il indiqua la Robe du Chanteur, toujours déployée sur la table.

– Kira, ajouta-t-il en se tournant vers la jeune fille, tu poursuivras le travail de ta mère. En réalité, tu iras beaucoup plus loin qu'elle, puisque ton talent est très supérieur au sien. D'abord, tu répareras la Robe, comme ta mère avait l'habitude de le faire. Ensuite, tu la restaureras. Alors seulement commencera ton véritable travail : tu achèveras la Robe.

Il désigna un grand espace non décoré à l'endroit du dos et des épaules avant de hausser un sourcil et de la regarder d'un air interrogatif. Kira, nerveuse, hocha la tête en guise de réponse avant de s'incliner légèrement.

– Quant à toi... dit poliment le Seigneur des Seigneurs en s'adressant de nouveau à Vandara qui faisait grise mine entre ses deux gardes. Tu n'as pas perdu la bataille. Tu as demandé la terre de la fille, et tu l'as. Vous pouvez en disposer, toi et les autres femmes. Construisez votre enclos. C'est une sage idée, en effet, d'enfermer vos minots. Ils sont fatigants, agaçants, et ont besoin d'être mieux surveillés. Va maintenant, ordonna-t-il.

Vandara tourna les talons. Sa figure n'était plus qu'un masque de fureur. Elle se dégagea à nouveau des mains des gardes, se pencha vers Kira et murmura d'un ton dur :

– Tu échoueras, et alors ils te tueront.

Elle adressa un sourire glacial à Jamison.

– C'est donc comme ça, dit-elle. La fille est à vous.

Elle descendit la travée à grandes enjambées et sortit par la porte principale.

Le Seigneur des Seigneurs et les autres membres du Conseil n'avaient prêté aucune attention à sa colère, pas plus qu'à un de ces petits insectes agaçants qu'on chasse d'un revers de main.

– Kira, dit Jamison, va rassembler toutes tes affaires. Tout ce que tu souhaites emmener. Il faut que tu sois de retour ici avant que la cloche n'ait sonné quatre coups. Nous te montrerons alors ton appartement – le lieu où tu vas désormais vivre.

Embarrassée, Kira attendit sans bouger pendant un moment. Mais il n'y eut pas d'autres instructions. Les Seigneurs étaient occupés à remettre de l'ordre dans leurs papiers et à rassembler livres et objets personnels. Ils semblaient avoir oublié sa présence. Enfin, elle se leva, se redressa à l'aide de son bâton et quitta la pièce en boitillant.

Quand, au sortir du Palais, elle retrouva la vive clarté du soleil et le chaos habituel du forum, elle se rendit compte qu'on était toujours au beau milieu de l'après-midi, que c'était un jour comme les autres, et qu'aucune existence n'avait changé sinon la sienne.

On était au début de l'été, il faisait chaud. Non loin des marches du Palais, derrière la boucherie, une foule s'était rassemblée pour voir tuer des cochons. Lorsque les morceaux de choix auraient été vendus, on jetterait les déchets. Hommes et bêtes se bousculeraient à qui les attraperait en premier. L'odeur dégagée par les excréments qui s'amoncelaient sous les porcs terrifiés et les cris de terreur suraigus que leur arrachait le sentiment de la mort donnaient à Kira le vertige et la nausée. Elle se hâta de contourner la foule pour se diriger vers l'atelier de tissage.

– Es dehors ! Qu'est-ce qui s'est passé ? Vas au Champ ? Aux bêtes ? lui criait un Matt très excité.

Kira sourit. Elle était attirée par son esprit curieux et toujours en éveil qui s'accordait avec le sien. Et puis elle devinait derrière sa sauvagerie un cœur tendre. Elle se rappelait comment il avait trouvé son animal favori, son petit compagnon de tous les jours. C'était un chien errant, un bon à rien qui se fourrait toujours dans vos pattes et faisait toutes les poubelles pour se nourrir. Un après-midi de pluie, il avait été heurté de plein fouet et projeté en l'air par une charrette à âne qui passait par là. Méchamment blessé, le chien était resté couché dans la boue à perdre son sang, avec toutes les chances de mourir, à l'insu de tous. Mais le garçon l'avait caché sous un buisson voisin jusqu'à guérison complète de ses blessures. Chaque jour, de l'atelier de tissage, Kira l'avait regardé ramper furtivement sous le buisson pour nourrir l'animal qui gisait là. Désormais le chien, vif et robuste malgré une queue aussi tordue et inutile que la jambe de Kira, ne quittait plus Matt. Celui-ci l'avait appelé Branch, en souvenir de l'attelle qu'il avait fabriquée pour sa queue endommagée.

Kira se baissa pour gratter derrière l'oreille le petit bâtard familier.

– On me laisse partir, dit-elle au garçon.

Ses yeux s'élargirent. Puis un grand sourire éclaira son visage.

– Alors on aura 'core des histoires, mes copains et moi, dit-il tout content. Vu Vandara, ajouta-t-il. L'est sortie comme ça.

Et il vola au sommet des marches du Palais pour redescendre aussitôt à grandes enjambées, l'air hautain. Il imitait bien. Kira sourit.

– Peux être sûre qu'al te déteste à présent, ajouta encore le gamin, la mine réjouie.

– Après tout, ils lui ont donné mon terrain, raconta la jeune fille, comme ça, elle et les autres peuvent construire un enclos pour leurs minots. C'est ce qu'elle voulait. J'espère que tu n'as pas encore commencé, pour mon nouveau kot, ajouta-t-elle en se rappelant sa proposition.

Matt eut son petit sourire tordu.

– Non, on n'a pas 'core commencé, dit-il, ça allait pas tarder. Mais si on t'avait envoyée aux bêtes, alors c'était point la peine.

Il s'interrompit pour caresser Branch du bout de son pied nu crasseux.

– Où c'est qu'tu vas habiter, man'nant ?

Kira écrasa un moustique sur son bras et frotta la petite tache de sang que la piqûre avait laissée.

– Je ne sais pas, avoua-t-elle. Ils m'ont dit de revenir au Palais quand la cloche aurait sonné quatre coups. Je vais rassembler mes affaires, ça ira vite. (Elle eut un petit rire.) Il ne doit plus rester grand-chose. Presque tout a brûlé.

– Ai sauvé deux ou trois trucs, dit Matt avec un sourire joyeux. Les ai chipés dans ton kot avant l'incendie. Te l'ai pas encore dit. Attendais de voir c'qui s'passerait pour toi.

En contrebas du chemin, après l'abattage des cochons, les camarades de Matt lui criaient de se dépêcher.

– Branch et moi, faut qu'on y aille, dit-il. Mais quand c'est qu'ça sonnera quatre coups, t'apporterai tout l'fatras. Sur les marches, hein ?

– Merci, Matt, je t'attendrai sur les marches.

Kira le regarda partir ; elle sourit en voyant ses petites jambes maigrichonnes couvertes de croûtes tricoter à toute vitesse sur le sentier poussiéreux, tandis qu'il courait rejoindre ses amis. Branch gambadait joyeusement à côté de lui, avec son misérable bout de queue qui frétillait de travers.

Elle poursuivit son chemin au milieu de la foule, et dépassa les boutiques d'alimentation, fuyant le bruit des querelles et des marchandages. Des chiens aboyaient ; deux d'entre eux se faisaient face au beau milieu du chemin et grondaient de tous leurs crocs : ils se disputaient un morceau tombé à terre sous le regard envieux d'un minot aux cheveux bouclés. Tout à coup, celui-ci bondit adroitement entre eux, attrapa le bout de viande et le fourra dans sa bouche. Sa mère, absorbée jusque-là par ses achats dans une boutique, jeta un coup d'œil autour d'elle et, apercevant le minot près des chiens, l'empoigna par le bras et le ramena de force. À peine fut-il près d'elle qu'elle lui administra une méchante claque sur la tête. Le minot fit beaucoup de simagrées, mais il n'en mastiquait pas moins avec ardeur le rogaton arraché aux chiens.

L'atelier de tissage se trouvait plus loin, dans un endroit béni, ombragé de grands arbres. Malgré les moustiques, très nombreux, c'était un lieu agréable, on ne peut plus calme et frais. Les femmes de l'atelier, assises à leur métier, saluèrent Kira à son approche.

– Y en a plein à ramasser, cria l'une d'elles en désignant d'un mouvement de tête les chutes de tissu sans cesser de travailler.

Ranger, nettoyer, c'était le travail habituel de Kira. Elle n'avait pas encore eu l'autorisation de tisser. Elle pensait toutefois que si on le lui avait demandé, elle en aurait été capable, car elle avait toujours observé très attentivement le travail des tisserandes.

Elle n'était pas allée à l'atelier de tissage depuis des jours et des jours, c'est-à-dire depuis la maladie et la mort de sa mère. Tant de choses s'étaient passées. Tant de changements s'étaient produits. Elle supposait qu'elle n'aurait plus à y retourner, maintenant que son statut était différent. Cependant, comme on l'avait gentiment invitée à entrer, elle se promena à travers l'atelier, dans le fracas des métiers de bois, et ramassa les chutes de tissu. Un seul métier, nota-t-elle, était silencieux. Personne n'y travaillait ce jour-là. Le quatrième en partant du fond, compta-t-elle. D'ordinaire, c'était la place de Camilla.

Elle s'arrêta près du métier déserté et attendit que l'ouvrière la plus proche s'interrompe pour recharger sa navette.

– Où est Camilla ? demanda-t-elle avec curiosité.

Bien entendu, il arrivait qu'une femme ou l'autre abandonne pendant quelque temps l'atelier pour se marier, accoucher, ou encore parce qu'on lui avait assigné, provisoirement, une autre tâche.

La tisserande jeta un coup d'œil par-dessus son métier mais toujours sans cesser de travailler.

– Elle est tombée, dit-elle, tandis que ses pieds recommençaient à actionner la pédale. Une mauvaise chute, là-bas, à la rivière. (Elle désigna la direction de la rivière d'un mouvement de tête.) En train de laver le linge qu'elle était. Les rochers couverts de mousse.

– Oui, c'est très glissant par là.

Kira le savait bien. Elle-même avait failli glisser plus d'une fois là-bas, dans le coin réservé à la lessive.

La femme haussa les épaules.

– S'est cassé le bras, grave. On peut pas l'réparer. On peut pas l'remettre droit. Bonne à rien pour le tissage qu'elle est à présent. Son homme, il a vraiment tout fait pour redresser son bras 'cause qu'il a besoin d'elle.

Pour les minots et pour le reste. Mais elle ira probablement au Champ.

Kira frissonna en imaginant la torture à laquelle son mari avait soumis la pauvre femme en essayant de lui remettre le bras dans le bon sens.

– L'a cinq minots, cette Camilla. Peut plus s'occuper d'eux ni travailler à présent. On va les donner à droite et à gauche. T'en veux un ?

La femme lui adressa un sourire narquois. Elle n'avait plus que quelques dents. Kira secoua la tête. Elle eut un pâle sourire et continua à descendre le couloir central entre les deux métiers.

– Tu veux son métier ? cria la femme. Ils auront besoin de quelqu'un pour le faire marcher. Et t'es sans doute prête à tisser.

Mais Kira secoua à nouveau la tête. Jadis, elle avait souhaité tisser. Les tisserandes s'étaient toujours montrées gentilles avec elle. Mais un autre avenir semblait s'ouvrir devant elle.

Le fracas des métiers reprit de plus belle. L'ombre avait gagné l'atelier, et Kira en conclut que le soleil était déjà bas dans le ciel. La cloche sonnerait bientôt quatre coups. Elle adressa un signe d'adieu aux tisserandes et reprit le sentier pour se diriger vers le lieu où elle avait vécu avec sa mère, le lieu où, pendant des années, s'était dressé leur kot, le seul foyer qu'elle eût jamais connu. Elle éprouvait le besoin de faire ses adieux.

6

L'énorme cloche de la tour du Palais du Conseil commença à sonner. Cette cloche réglait l'existence des gens. Elle les enjoignait de se mettre au travail, d'arrêter le travail, de se rassembler, de se préparer pour la chasse, de célébrer un événement ou encore de s'armer pour parer au danger. Quatre coups de cloche – le troisième était en train de retentir – sonnaient la fin des activités de la journée. Pour Kira, ces quatre coups signifiaient qu'il était l'heure de se présenter devant le Conseil des Seigneurs. Se frayant un chemin à travers la foule des gens qui quittaient leur lieu de travail, elle se hâta en direction du forum.

Matt attendait sur les marches comme il l'avait promis. Près de lui, Branch, très excité, s'amusait à barrer le chemin avec sa patte à un gros scarabée irisé qui zigzaguait en vain pour essayer de passer. Quand Kira les salua, le chien leva les yeux et agita sa queue tordue.

– C'est quoi, ça ? demanda Matt qui avait aperçu le petit balluchon que Kira portait sur le dos.

– Pas grand-chose, répondit-elle avec un rire dépité. Mais j'avais mis de côté deux ou trois choses dans la friche pour qu'elles échappent au feu. Mon panier de fils, et quelques bouts de tissu. Et regarde ça, Matt !

Elle fouilla dans sa poche et brandit un rectangle tout cabossé.

– J'ai trouvé mon pain de savon sur les rochers, là où je l'avais laissé. Une chance pour moi car je ne sais pas comment on fabrique ça et je n'ai pas d'argent pour en acheter.

Elle se mit à rire en réalisant que Matt, hirsute et dépeigné comme il l'était, ne ressentait pas le moindre besoin de savon. Sans doute avait-il une mère quelque part, et en règle générale, les mères récurent de temps à autre leurs minots mais, pas une seule fois, elle n'avait vu le garçon propre.

– Tiens, t'ai apporté ça.

Matt désigna sur la marche, près de lui, un tas d'objets hétéroclites enveloppés au petit bonheur dans un morceau de tissu sale.

– Des 'tites choses que j'ai pris avant l'incendie pour toi les avoir en cas qu'y te laissent rester.

– Merci, Matt.

Kira se demanda ce qu'il avait bien pu choisir de sauver.

– Mais tu peux point porter ça, reprit Matt, cause que t'as cette affreuse boiterie. Serai ton porteur quand c'est qu'y te diront où tu restes. Comme ça saurai aussi le chemin.

L'idée que Matt pût l'accompagner et connaître l'endroit où elle allait vivre plaisait à Kira. C'était comme si les choses perdaient leur étrangeté.

– Alors attends ici, lui dit-elle. Il faut que j'aille au Palais ; ils vont me montrer où je vais vivre. Je reviendrai te chercher. Mais je dois me dépêcher, Matt, car la cloche a fini de sonner et ils m'ont dit de venir au quatrième coup.

– Branch et moi, on peut attendre. J'ai un gros bout de suc' candi que j'l'ai chipé dans une boutique, dit Matt qui sortit de sa poche un sucre d'orge crasseux, ajoutant : Branch, toujours l'est content de turlupiner un insecte maousse comme là.

En entendant son nom, le chien dressa les oreilles, mais il ne quitta pas des yeux le scarabée sur la marche.

Kira pénétra en toute hâte dans le Palais du Conseil, tandis que le garçon restait sur les marches.

Jamison l'attendait dans la vaste pièce. Elle se demanda si celui qui avait été nommé pour la défendre lors du procès était désormais chargé de la surveiller. Bizarrement, elle ressentit une petite pointe d'irritation contre lui. Elle était assez grande pour se débrouiller seule. Beaucoup de filles de son âge se préparaient déjà au mariage. Elle savait depuis toujours qu'elle ne se marierait pas (à cause de sa jambe torse, c'était impossible ; elle ne pourrait jamais être une bonne épouse, elle ne pourrait jamais venir à bout des nombreuses tâches exigées) mais elle pouvait sans aucun doute se débrouiller seule. Sa mère l'avait fait, et le lui avait appris.

Mais Jamison lui adressa un signe de bienvenue, et sa fugace irritation s'évanouit, aussitôt oubliée.

– Te voilà donc, dit-il.

Il se leva et rangea les papiers qu'il était en train de lire.

– Je vais te montrer ta chambre. Elle n'est pas loin. Dans une aile de ce bâtiment.

Il la regarda alors et vit le petit balluchon qu'elle portait sur le dos.

– C'est tout ce que tu as ?

– Non, répondit Kira. Mais je ne peux pas porter grand-chose à cause de…

Elle désigna sa mauvaise jambe. Jamison hocha la tête.

– Alors j'ai quelqu'un pour m'aider : un petit garçon. Il s'appelle Matt. J'espère que cela ne vous ennuie pas, mais il est assis sur les marches. C'est lui qui a mes autres affaires. J'espérais que peut-être… vous lui permettriez de m'aider. Il est très gentil.

Jamison eut un léger froncement de sourcils. Puis, se retournant pour appeler l'un des gardes :

– Allez chercher le garçon qui est sur les marches.

– Ah ! interrompit Kira.

Jamison et le garde se retournèrent tous les deux. Elle se sentait gênée, embarrassée et parlait d'un ton d'excuse. Elle eut même la sensation de s'incliner légèrement.

– Il a un chien, dit-elle à voix basse. Il ne se déplace jamais sans ce chien. Il est tout petit, ajouta-t-elle dans un souffle.

Cette fois, Jamison la regarda d'un air impatienté, comme s'il avait tout à coup pris conscience du fardeau qu'elle allait être pour lui.

– Ramenez le chien aussi, finit-il par dire au garde avec un soupir.

Il les conduisit tous les trois le long du corridor. Ils formaient un étrange trio : en tête, Kira, qui trébuchait contre son bâton et traînait sa jambe infirme avec un bruit de balai : swish, swish ; puis Matt, pour une fois silencieux, qui, les yeux écarquillés, s'imprégnait de la majesté des lieux ; enfin, le chien à la queue tordue, tout content de tenir dans sa gueule un scarabée au supplice, qui faisait tinter ses petites griffes contre le sol dallé : tip tap, tip tap.

Matt posa le balluchon de Kira à terre, juste au seuil de la chambre, qu'il se refusa à franchir, ne serait-ce que d'un pas. Il avait tout regardé de ses grands yeux observateurs, pris la mesure de toutes choses et en était venu de lui-même à cette décision.

– Branch et moi, on attendra dehors, déclara-t-il avant de demander, tout en parcourant du regard le vaste espace où il se trouvait : et ça, comment qu'ça s'appelle ?

– Le corridor, dit Jamison.

Matt hocha la tête.

– Alors Branch et moi, on attendra dans ce corridor. Branch et moi, on va pas dans la chambre à cause des minuscules 'tits insectes.

Kira passa rapidement les lieux en revue, mais il n'y avait plus trace du scarabée. Le chien l'avait mangé. Et de toute façon, il n'était pas minuscule, bien au contraire. Matt lui-même l'avait dépeint comme un vrai monstre !

– Des insectes minuscules ?

Jamison fut le seul à poser la question. Il avait le front plissé.

– Branch, il a des puces, expliqua Matt, les yeux rivés au sol.

Jamison secoua la tête, et Kira vit un sourire effleurer ses lèvres. Il la conduisit à sa chambre.

Elle ouvrit de grands yeux. Le kot où elle avait vécu toute sa vie avec sa mère n'était qu'une cabane au sol de terre battue. Leur lit était une simple paillasse disposée sur une banquette de bois. Elles rangeaient la nourriture et leurs quelques petites affaires dans des pots faits à la main ; et elles prenaient toujours ensemble leur repas, assises à une longue table de bois que le père de Kira avait fabriquée bien avant sa naissance. Après l'incendie, Kira avait déploré sa perte à cause de tous les souvenirs qu'elle évoquait. Katrina lui avait si souvent raconté comment les fortes mains du père avaient poli le bois et arrondi les coins de la table pour éviter que le bébé sur le point de naître ne se blesse à ses angles aigus. De toutes ces choses : le bois lisse, les angles adoucis, le souvenir des mains de son père, il ne restait que des cendres.

La chambre où l'avait introduite Jamison contenait plusieurs tables aux lignes exquises, délicatement ouvragées. Et sur le lit en bois, monté sur pieds, était jeté un léger couvre-lit tissé. Kira n'avait jamais vu un lit pareil et se disait que les hauts pieds du lit servaient sans doute à protéger des bêtes ou des insectes. Pourtant il n'y en avait probablement pas au Palais du Conseil ;

Matt lui-même, l'ayant deviné, avait consigné dans le corridor les puces de son chien. Il y avait aussi de vraies fenêtres en verre à travers lesquelles on voyait la cime des arbres, car la chambre – située à l'arrière du Palais – donnait sur la forêt.

Jamison ouvrit une porte à l'intérieur de la chambre et Kira aperçut une pièce sans fenêtres, plus petite, aux murs couverts de tiroirs.

– C'est là que l'on range la Robe du Chanteur, lui dit-il.

Il entrouvrit un très grand tiroir, et elle vit, soigneusement pliée, la robe aux broderies éclatantes. Il le referma et désigna d'un geste les autres tiroirs, plus petits.

– Les fournitures, commenta-t-il. Tout ce dont tu peux avoir besoin.

Et il rentra dans la chambre où il ouvrit une deuxième porte. Elle entrevit ce qui lui sembla d'abord être des pierres plates : c'était en réalité un sol carrelé d'un vert très pâle.

– Ici, il y a de l'eau, expliqua Jamison. Pour te laver, entre autres.

De l'eau ? À l'intérieur d'une maison ?

Jamison alla jeter un coup d'œil dans le corridor où Matt et Branch attendaient. Matt, installé par terre, suçait son bâton de sucre d'orge.

– Si tu veux que le garçon reste avec toi, tu peux le laver ici. Le chien aussi. Il y a une baignoire.

Matt, qui avait entendu, leva vers Kira des yeux effarés.

– Non, Branch et moi, là, on s'en va, dit-il avant de demander, l'air soucieux : t'es point prisonnière ici, hein ?

– Non, elle n'est pas prisonnière, rassura Jamison. Qu'est-ce qui peut bien te faire croire une chose pareille ?

Puis, s'adressant à Kira :

– On va bientôt apporter ton souper. Tu ne seras pas seule ici. Le Sculpteur loge un peu plus loin, de l'autre côté du corridor – et il indiqua d'un geste une porte fermée.

– Le Sculpteur ? Vous parlez bien du Sculpteur qui s'appelle Thomas ? demanda Kira, ébahie. Il habite ici lui aussi ?

– Oui. Ta visite sera la bienvenue. Vous devez travailler tous les jours jusqu'au coucher du soleil, mais tu peux prendre tes repas avec lui. Maintenant, familiarise-toi avec ta chambre et tes instruments de travail. Demain, nous verrons ensemble en quoi consiste exactement ta tâche. Maintenant, je vais reconduire le garçon et le chien.

Elle resta debout dans l'encadrement de la porte à les regarder tous les trois s'éloigner au bout du long corridor, l'homme en tête, Matt, juste derrière lui, avec sa démarche vive et preste, et le chien sur les talons du garçon. Celui-ci se retourna, lui adressa un petit signe de la main et lui sourit, l'air interrogatif. Sa figure, toute barbouillée de sucre d'orge, brillait d'excitation. Dans quelques minutes au plus tard – Kira voyait déjà la scène – il serait en train de raconter à ses camarades qu'il avait failli être lavé, son chien aussi, et toutes les puces avec. Il l'avait échappé belle – moins une il était.

Kira referma la porte avec douceur et regarda tout autour d'elle.

Elle mit très longtemps à s'endormir. Tout était tellement étrange.

Seule la lune semblait familière. Cette nuit-là, elle était presque pleine, et entrait par la fenêtre de verre pour inonder d'une argentine clarté l'espace où elle allait vivre désormais. Elle s'imagina de retour, par une nuit semblable, dans le kot sans fenêtres où elle avait vécu son autre existence avec sa mère : peut-être se serait-elle levée pour profiter du clair de lune. Quelquefois, les nuits de clair de lune, Katrina et elle se glissaient hors de la hutte et restaient ensemble debout dans le vent léger à chasser les moustiques et à regarder les nuages filer devant la sphère brillante.

Ici, la brise nocturne et la lumière de la lune pénétraient toutes les deux dans sa chambre par la fenêtre légèrement ouverte. Le clair de lune caressait la table installée dans l'angle et balayait le plancher de bois ciré. Elle vit ses sandales rangées l'une à côté de l'autre, tout près de la chaise où elle s'était assise pour se déchausser. Elle vit son bâton posé dans le coin, et l'ombre du bâton dessinée sur le mur.

Elle vit la forme des choses sur la table. Toutes ces choses, Matt les lui avait rapportées, nouées dans un morceau d'étoffe. Elle se demandait comment il avait fait pour choisir. Peut-être son choix avait-il été précipité, à cause du feu qui démarrait ; peut-être aussi le garçon avait-il attrapé tout ce qu'il pouvait avec ses petites mains impétueuses et généreuses.

Il y avait son métier à broder. Elle remercia Matt en pensée. Il avait compris ce qu'il représentait pour elle.

Des herbes séchées dans un panier. Kira était contente de les avoir et espérait qu'elle arriverait à se rappeler ce qui devait servir à quoi. Non que les herbes eussent été de quelque secours à sa mère quand la terrible maladie avait frappé ; mais en ce qui concernait les choses bénignes – une douleur à l'épaule, une morsure qui s'infecte et enfle – les herbes étaient précieuses. Et elle était vraiment contente d'avoir aussi le panier. Elle revoyait encore sa mère le tresser avec des joncs de la rivière.

Quelques grossiers tubercules. Kira sourit : elle imaginait Matt attrapant des choses à manger et les grignotant en même temps. Elle n'en aurait plus besoin désormais. Le repas qu'on lui avait apporté dans la soirée était abondant : du pain complet, une soupe composée de viande et d'orge et enrichie de dés de légumes verts – une soupe délicieusement parfumée avec des herbes qu'elle avait savourées sans les reconnaître. Elle lui avait été servie dans un bol de terre cuite vernissée, et Kira l'avait mangée avec une cuillère en os délicatement ouvragée avant de s'essuyer la bouche et les mains avec une serviette pliée finement tissée.

Jamais elle n'avait fait un repas aussi raffiné. Ni aussi solitaire.

Elle poursuivit l'inventaire. Parmi les quelques objets posés là, il y avait encore un ou deux vêtements pliés de sa mère : un châle épais bordé de franges et une jupe zébrée de tant de coulées de teinture que l'étoffe ordinaire et unie en avait l'air tout égayée. Kira essaya d'imaginer comment elle pourrait utiliser ses fils pour rehausser les brillantes raies de couleur de façon à la transformer, avec un peu d'habileté – et de temps, il lui faudrait du temps – en tenue de fête.

Non qu'elle ait jamais eu l'occasion de célébrer quoi que ce soit. Ceci pourtant peut-être : sa « nouvelle » maison, son nouveau travail, le fait que sa vie ait été épargnée.

Kira se tournait et retournait sur son lit sans pouvoir trouver le sommeil. Elle sentit quelque chose à son cou. Ce petit objet se trouvait lui aussi dans le balluchon que Matt avait apporté, et elle le chérissait plus que tous les autres. C'était le pendentif que sa mère avait toujours porté sous sa robe – caché à tous les yeux – au bout d'un lacet de cuir. Kira le connaissait bien pour l'avoir souvent touché et caressé quand elle était encore une petite loupiotte nourrie au sein. C'était un fragment de roche très brillant percé d'un trou : d'un côté, il était simplement poli, mais de l'autre, piqué d'éclats violets tout brillants. Cet objet simple mais peu commun était un cadeau du père de Kira, et Katrina l'avait toujours chéri comme une sorte de talisman. Quand elle était tombée malade, Kira le lui avait enlevé pour laver son corps brûlant de fièvre et l'avait posé à côté du panier d'herbes. C'est là que Matt avait dû le trouver.

Kira, qui le portait désormais à son propre cou, le mit contre sa joue, dans l'espoir de capter à nouveau quelque chose de sa mère, son odeur par exemple, oui, peut-être son odeur, une odeur d'herbes, de teintures et de fleurs séchées. Mais la petite pierre était inerte et inodore, sans mémoire, sans trace de vie.

Il en était tout autrement pour le bout de tissu brodé sorti de la poche de Kira et né comme par magie sous ses doigts : là où elle l'avait posé, près de sa tête, il s'était mis à frémir. À moins que la brise de la nuit qui entrait par la fenêtre ne lui eût donné cette apparence de vie. Pendant un moment, Kira, absorbée par la contemplation du clair de lune et le souvenir de sa mère, n'avait rien remarqué. Puis elle avait vu le tissu trembler légèrement dans la pâle clarté de la lune comme s'il était vivant. Elle sourit, car une comparaison lui était soudain venue à l'esprit : le morceau d'étoffe n'était-il pas comme le petit chien de Matt quand il levait les yeux, dressait les oreilles et faisait frétiller sa misérable queue pour attirer l'attention ?

Elle tendit la main pour le toucher et, sentant sa chaleur dans le creux de sa main, ferma les yeux.

Un nuage vint couvrir la lune de son ombre, et la chambre s'obscurcit. Kira finit par s'endormir d'un sommeil sans rêves. Au petit matin, quand elle s'éveilla et retrouva dans son lit le bout de tissu, il était redevenu sans vie – un joli morceau de tissu froissé comme tous les autres, rien de plus.

7

Un œuf ! Quel festin ! Outre l'œuf à la coque, elle trouva sur son plateau de petit déjeuner le même pain complet que la veille et une jatte de céréales tièdes arrosées de crème. Kira bâilla, puis mangea.

D'habitude, à son réveil, Kira s'en allait avec sa mère au bord de la rivière. Ici, la salle de bains carrelée de vert remplaçait la rivière, du moins elle le supposait. Mais cette pièce mettait Kira dans l'embarras. Elle y était entrée le soir précédent et avait tourné les différentes poignées étincelantes. Il y avait de l'eau chaude, ce qui l'avait fort surprise. Sans doute servait-elle à faire la cuisine. Apparemment, un feu avait été construit quelque part là-dessous. L'eau destinée à la cuisson des aliments avait été amenée là Dieu sait comment, mais que devait-elle en faire ? *Je n'ai pourtant pas besoin de faire la cuisine*, se disait-elle exactement comme la veille au soir, *puisqu'on m'apporte des plats tout chauds !*

Ce matin-là, donc, Kira, toujours aussi intriguée que le soir précédent, considéra avec attention la longue baignoire basse. Jamison avait laissé entendre qu'elle pourrait y laver Matt. Il y avait là quelque chose qui ressemblait à du savon : même aspect, même odeur. Elle se pencha au-dessus du rebord de la baignoire et essaya de se laver, mais l'opération n'allait pas de soi. C'était plus commode et plus facile dans la rivière. Et dans la rivière elle pouvait aussi laver ses vêtements et les faire sécher sur les buissons. Ici, dans cette petite pièce sans fenêtres, impossible de faire sécher quoi que ce soit. Pas de place. Ni de vent. Ni de soleil.

C'était certes une prouesse, jugea Kira, d'avoir réussi à introduire l'eau à l'intérieur de la maison, mais ce n'était ni sain, ni pratique, et en plus, il n'y avait aucun endroit pour brûler les ordures.

Elle s'essuya le visage et les mains avec le linge qu'elle avait trouvé dans la pièce carrelée et se promit de retourner chaque matin à la rivière pour procéder comme il faut à ses ablutions.

Vite, Kira s'habilla, laça ses sandales et glissa le peigne de bois dans ses longs cheveux pour filer au bout du corridor désert : elle avait hâte de quitter son nouveau lieu d'existence pour faire une promenade matinale. Mais à peine avait-elle fait quelques pas dans le couloir qu'une porte s'ouvrit, livrant passage à un garçon qu'elle avait déjà vu et qui s'adressa aussitôt à elle en ces termes :

– Kira la Brodeuse ! Ils m'ont dit que tu étais arrivée.

– Tu es le Sculpteur, répondit-elle. Jamison m'a appris que tu vivais ici.

– Oui, Thomas, c'est moi.

Il lui fit un grand sourire. Il semblait avoir le même

âge qu'elle, et c'était un beau garçon à la peau claire avec des yeux brillants et d'épais cheveux auburn. Quand il souriait, on voyait une petite cassure à l'une de ses dents de devant.

– C'est là que j'habite, expliqua-t-il.

Il entrouvrit la porte pour qu'elle puisse voir à l'intérieur. Sa chambre, située de l'autre côté du couloir, était en tous points pareille à la sienne, à une différence près : elle donnait sur le forum. Kira nota aussi que la chambre de Thomas était plus qu'une simple chambre : une pièce à vivre. Ses affaires étaient répandues dans tous les coins.

– C'est aussi mon atelier, dit-il en désignant une grande table avec des outils de sculpteur et des copeaux de bois. Et là, c'est une réserve pour les fournitures et le matériel.

– La mienne est exactement pareille, dit Kira. Il y a une quantité de tiroirs. Je n'ai pas encore commencé à travailler, mais j'ai repéré une grande table très bien éclairée sous la fenêtre ; c'est sans doute là que je restaurerai la Robe. Et là-bas, cette porte ? C'est ton eau pour la cuisine et ta baignoire ? demanda-t-elle encore. Tu t'en sers ? Quelles complications quand la rivière est si proche !

– Les servants te montreront comment ça marche.

– Les servants ?

– Ceux qui t'apportent ton repas, par exemple. Ce sont des servants. Ils sont là pour t'aider chaque fois que tu en as besoin. Un Seigneur viendra te voir aussi chaque jour pour vérifier ton travail.

Bon. Thomas semblait savoir comment les choses fonctionnaient. Il lui serait d'une aide précieuse. Tout paraissait tellement nouveau, tellement différent.

–Il y a longtemps que tu vis ici ? demanda-t-elle poliment.

–Oui. J'étais encore très petit quand je suis arrivé ici.

–Et comment se fait-il ? Qu'est-ce qui t'a amené ici ?

Le garçon fronça les sourcils. Il songeait au passé.

–Je commençais tout juste à sculpter. Je n'étais encore qu'un minot, mais j'avais découvert qu'avec un bout de bois et un simple outil tranchant j'avais le pouvoir de créer des images. Tout le monde trouvait ça stupéfiant. (Il rit.) Et je crois qu'on n'avait pas tort.

Kira rit aussi, comme en écho ; en réalité, elle pensait à autre chose, se revoyait enfant : elle avait découvert elle aussi l'espèce de pouvoir magique qu'avaient ses doigts quand ils tenaient les fils colorés, et remarqué l'étonnement de sa mère et l'expression du visage du Seigneur. Sans doute en avait-il été de même pour le garçon.

–Les Seigneurs avaient entendu parler de mon travail. Ils sont venus jusqu'à notre kot, et mes petites pièces ont fait leur admiration.

C'est vraiment pareil, pensait Kira.

–Peu de temps après, poursuivit Thomas, mes parents ont été tous les deux tués lors d'un orage. Frappés par la foudre, tous les deux en même temps.

Kira fut abasourdie. Elle avait bien entendu parler d'arbres fracassés par la foudre. Mais pas de personnes. Les gens ne sortent pas par temps d'orage.

– Étais-tu avec eux ? Comment se fait-il que tu n'aies rien eu ?

– Non, je n'étais pas avec eux ; j'étais seul dans le kot. On avait chargé mes parents d'une tâche quelconque. Je me souviens qu'on avait envoyé un messager les chercher. Des Seigneurs sont venus me trouver pour m'annoncer leur mort. Une chance qu'ils aient entendu parler de moi, sinon on m'aurait donné à une famille quelconque. Au lieu de quoi ils m'ont amené ici. J'ai l'impression d'être là depuis toujours. (Il désigna la chambre d'un geste large.) Pendant longtemps, je me suis contenté d'apprendre et de m'entraîner. Et j'ai fabriqué de menus objets décoratifs pour nombre de Seigneurs. Mais à présent le véritable travail a commencé. Un travail important.

Le garçon désigna quelque chose à Kira, et elle vit un long morceau de bois appuyé contre la table, pareil à son bâton de marche. Celui-là était finement sculpté et, en voyant les copeaux sur la table, elle comprit que le garçon était en train d'y travailler.

– Ils m'ont donné de merveilleux outils, dit Thomas.

Dehors, la cloche sonnait. Kira se sentit désemparée. Lorsqu'elle vivait encore dans le kot, le son de la cloche signifiait qu'il était temps de se mettre au travail.

– Faut-il que je retourne chez moi ? demanda-t-elle. J'étais sur le point d'aller à la rivière…

Thomas haussa les épaules.

– Aucune importance. Tu peux faire ce que tu veux. Il n'y a pas de véritables règles. Tu es seulement tenue d'exécuter le travail pour lequel on t'a amenée ici. Ils le vérifient chaque jour. Moi, je vais sortir ; il faut que je rende visite à la sœur de ma mère qui vient d'avoir un nouveau minot. Une fille. Regarde le jouet que je lui apporte.

Il farfouilla dans sa poche et en sortit un oiseau très finement sculpté qu'il montra à Kira. Il était creux ; il le porta à sa bouche et le fit siffler.

– Je l'ai fabriqué hier, expliqua-t-il, en prenant sur mon temps de travail régulier, enfin, juste un peu. C'était facile à faire. Je serai de retour pour le dîner, ajouta-t-il, car j'ai beaucoup à faire cet après-midi. Est-ce que je peux apporter mon plateau dans ta chambre pour que nous dînions ensemble ?

Kira acquiesça.

– Regarde, dit-il. Voilà le servant qui ramasse les plateaux du petit déjeuner. Il est très aimable. Tu lui demandes... Non, attends ! Je vais lui demander.

Et tandis que Kira l'observait avec curiosité, il s'approcha du servant pour lui dire quelques mots. Le servant hocha la tête.

– Retourne dans ta chambre avec lui, dit Thomas. Inutile d'aller à la rivière. Il va t'expliquer le fonctionnement de la salle de bains. À tout à l'heure.

Il fourra le petit oiseau sculpté au fond de sa poche, referma la porte de sa chambre derrière lui et se dirigea à l'autre bout du corridor. Kira reprit le chemin par où elle était venue. Le servant la précédait.

Jamison lui rendit visite peu de temps après le dîner. Thomas, pressé de reprendre son travail, était déjà rentré dans sa chambre. Kira venait de pénétrer dans la petite pièce aux tiroirs et d'ouvrir celui qui contenait la Robe du Chanteur. Elle ne l'avait pas encore dépliée. On ne lui avait pas encore permis jusque-là de la toucher, et elle se sentait très intimidée et un peu nerveuse. Elle fixait le tissu somptueusement brodé en pensant à l'aiguille d'os qui voltigeait entre les mains adroites de sa mère quand elle entendit un coup frappé à la porte : Jamison entrait.

– Ah, la Robe, dit-il.

– J'étais en train de me dire qu'il était temps de m'atteler au travail, dit Kira. Mais j'ai presque peur de commencer. C'est si nouveau pour moi.

Il sortit la Robe du tiroir et la porta sur la table près de la fenêtre. À la lumière, les couleurs paraissaient encore plus éblouissantes, et Kira eut le sentiment qu'elle ne serait jamais à la hauteur de la tâche.

– Est-ce que tu es bien ici ? Est-ce que tu dors bien ? A-t-on apporté ton repas ? C'était bon ?

Tant et tant de questions. Kira se demanda s'il fallait ou non dire à Jamison combien sa nuit avait été agitée, et finit par prendre le parti de se taire. Elle jeta un coup d'œil au lit pour voir si les plis de la couverture étaient susceptibles de la trahir, et remarqua alors pour la première fois que quelqu'un – sans doute le servant qui apportait et remportait le plateau des repas – avait si bien lissé draps et couvertures qu'il était impossible de deviner si on avait touché au lit.

– Très bien, merci, répondit-elle donc à Jamison. Et j'ai rencontré Thomas le Sculpteur. Il a déjeuné avec moi. C'était agréable de pouvoir parler avec quelqu'un. Le servant m'a expliqué des détails que j'avais besoin de connaître, avoua-t-elle. Je croyais que l'eau chaude servait à faire la cuisine. Jusqu'ici, je n'avais jamais utilisé d'eau chaude pour me laver.

Jamison ne prêtait aucune espèce d'attention à ses explications embarrassées à propos de la salle de bains. Il regardait avec attention la Robe tout en caressant l'étoffe du bout des doigts.

– Ta mère la réparait chaque année. De menues réparations. À présent elle a besoin d'être entièrement restaurée. Ce sera ton travail.

Kira hocha la tête.

– Je comprends, dit-elle, mais en réalité elle ne comprenait pas.

– Ici est inscrite l'histoire entière de notre monde. Nous devons la garder intacte. Plus qu'intacte.

Elle vit que la main de Jamison s'était légèrement déplacée et caressait maintenant la surface de l'étoffe, non encore décorée, qui correspondait à l'emplacement du dos et des épaules.

– C'est là que sera inscrit le futur. Notre monde ressemblera à l'histoire ici contée ; son avenir en dépend. Et, à propos, ton matériel et tes fournitures ? Conviennent-ils ? Il y a beaucoup à faire ici.

Les fournitures ? Kira se rappela qu'elle avait apporté un panier rempli de ses fils à elle. En contemplant la somptueuse Robe, elle se rendit compte que sa maigre collection – quelques fils à broder de couleur que sa mère lui avait donnés – n'était pas le moins du monde appropriée. À supposer qu'elle eût le talent voulu, ce dont elle n'était pas du tout certaine, elle ne pourrait jamais restaurer la Robe avec les quelques fils à broder qu'elle avait apportés. Elle pensa alors aux tiroirs qu'elle n'avait pas encore ouverts.

–Je n'ai pas encore regardé, avoua-t-elle en se dirigeant vers les profonds tiroirs qu'il lui avait indiqués la veille.

Ils étaient remplis d'écheveaux de fil blanc de tous les calibres et de toutes les textures. Il y avait aussi des aiguilles de toutes les tailles et des outils tranchants soigneusement alignés.

Le cœur lui manqua. Elle s'était dit que les fils seraient déjà teints – l'avait vaguement espéré. Mais comme elle se retournait pour jeter un coup d'œil à la Robe étendue sur la table dans son riche déploiement de couleurs, elle se sentit submergée par le découragement. Ah, si seulement les fils à broder de sa mère avaient pu être sauvés ! Mais il n'en restait rien, tout avait brûlé.

Elle se mordit la lèvre et regarda Jamison avec inquiétude.

–Mais ils ne sont pas colorés, chuchota-t-elle.

–Tu m'as dit que ta mère t'avait appris à teindre, lui rappela-t-il.

Kira hocha la tête. Elle avait en effet laissé entendre cela, mais ce n'était pas tout à fait vrai. Sa mère avait seulement eu l'intention de lui enseigner l'art de la teinture.

–J'ai encore beaucoup à apprendre, avoua-t-elle.

Mais j'apprends vite, ajouta-t-elle aussitôt, dans l'espoir de ne pas paraître prétentieuse.

Jamison la regarda en fronçant légèrement les sourcils.

– Eh bien, je t'enverrai chez Annabella, dit-il. Elle habite loin dans la forêt, mais le chemin est sûr, et elle pourra t'enseigner ce que ta mère n'a pas eu le temps de t'apprendre. Le Grand Rassemblement n'a lieu qu'au début de l'automne. Tu as encore plusieurs mois devant toi. Le Chanteur n'aura pas besoin de la Robe avant cette date. Tu as tout ton temps.

Kira hocha la tête, mais sans conviction. Jamison avait été son défenseur. Il était devenu, semble-t-il, son conseiller. Elle lui était reconnaissante de son aide. Toutefois, elle sentait dans sa voix quelque chose de nouveau – une intention cachée, une pression – qu'elle n'avait pas encore remarqué.

Quand il fut parti, après lui avoir indiqué sur le mur un cordon de sonnette qu'elle pouvait tirer en cas de besoin, Kira se replongea dans la contemplation de la Robe. Tant de couleurs ! Tant de nuances de chaque couleur ! Quoi qu'en dît Jamison, le début de l'automne n'était pas si loin. Aujourd'hui, décida Kira, j'examinerai attentivement la Robe et je poserai les jalons de mon travail. Et demain, avant toute chose, j'irai trouver Annabella et lui demanderai de m'aider.

8

Matt voulait venir.

– T'auras besoin de Branch et moi comme protecteurs, dit-il. Cette forêt-là, c'est plein de bêtes féroces.

Kira rit.

– Des protecteurs ? Vous deux ?

– Branch et moi, on est costauds, dit Matt en faisant jouer les prétendus biceps de ses petits bras maigrichons. J'ai seulement *l'air* un peu petit, ajouta-t-il.

– Jamison dit que la forêt est sûre à condition qu'on ne s'écarte pas du chemin, rappela Kira.

Mais dans le secret de son cœur, elle pensait que ce serait un bonheur de les avoir comme compagnons tous les deux, le garçon et le chien.

– Mais si des fois, tu t'perdais ? dit Matt. Branch et moi, on peut pas s'perdre, toujours on retrouve not'chemin. Sûr et certain que t'auras besoin de nous si c'est qu'tu t'perds.

– Mais je serai partie toute la journée. Tu vas mourir de faim.

Triomphant, Matt sortit un gros quignon de pain de l'énorme poche de son short informe.

– Chipé c'te croûte au boulanger, déclara-t-il avec fierté.

Ainsi le garçon eut-il le dernier mot, à la grande joie de Kira qui profita de leur compagnie pour son voyage dans la forêt.

C'était à une heure de marche environ. Jamison n'avait pas menti : apparemment, il n'y avait aucun danger. Bien que le sentier fût très sombre à cause de la densité des arbres et qu'on entendît dans le sous-bois des bruissements, des froissements et des cris inconnus d'oiseaux étranges, rien ne semblait menaçant. De temps à autre, Branch pourchassait un petit rongeur ou flairait une galerie dans la terre, effrayant alors tous les petits animaux qui pouvaient s'y être installés.

– Possible qu'y a des serpents tout partout là-dedans, dit Matt avec un malicieux sourire.

– Je n'ai pas peur des serpents.

– Plupart des filles elles ont peur.

– Pas moi. Il y a toujours eu de petits serpents dans le jardin de ma mère. Elle disait que c'étaient les amis des plantes. Ils mangent les insectes.

– Pareil que Vieux-Branch. T'as vu, l'en a attrapé un, là, dit-il en le montrant du doigt.

Son chien avait fondu sur une malheureuse créature pourvue de longues pattes fines.

– Un papa-longues-jambes que ça s'appelle.

– Papa-longues-jambes ?

Kira rit. Elle n'avait jamais entendu ce nom.

– Tu as un père ? demanda-t-elle au garçon avec curiosité.

– Nnan. Avant, j'avais. Mais là, j'ai plus que ma mwé.

– Qu'est-ce qui est arrivé à ton père ?

Il haussa les épaules.

– Dans la Fagne, ajouta-t-il, c'est pas pareil. Plein d'minots qu'ont pas de p'pa. Et ceux qu'en ont, tout empeurés y sont, tellement que les p'pas y cognent dur. Ma mwé al cogne aussi, ajouta-t-il avec un soupir.

– J'avais un père. C'était un grand chasseur, dit Kira fièrement. Jamison lui-même l'a dit. Mais mon père a été emporté par les bêtes, expliqua-t-elle.

– Ouais, entendu parler d'ça.

Kira voyait bien que Matt essayait d'avoir l'air triste pour lui faire plaisir, mais ce n'était pas facile pour un garçon doué d'un tempérament aussi joyeux. Il était déjà en train de montrer du doigt un papillon, plein d'allégresse à la vue de l'orange tacheté de ses ailes, qui scintillait dans l'obscure clarté de la forêt.

– Tu as vu ça ? Tu l'avais rapporté avec les petites affaires de ma mère, tu te rappelles ?

Et Kira d'extraire de son décolleté la pierre d'un pendentif.

Matt hocha la tête.

– Toute violette qu'elle est. Et qu'ça brille comme qui dirait.

– C'est mon père qui l'a fabriqué pour faire un cadeau à ma mère.

Matt fronça les sourcils et réfléchit à la question.

– Un cadeau ? demanda-t-il.

Kira était ahurie de voir qu'il ne comprenait pas.

– Quand tu aimes quelqu'un et que tu lui donnes quelque chose de spécial, quelque chose qu'il garde comme un trésor, c'est un cadeau.

Matt rit.

– Dans la Fagne ils ont pas ça. Dans la Fagne, si on te donne quelque chose de spécial, c'est qu'un bon coup de pied au derrière. Mais c'est bien joli, c'que t'as ; de la chance pour toi que j'l'ai sauvé.

Le voyage fut long pour Kira qui devait traîner sa jambe torse. Son bâton se prenait aux racines enchevêtrées sous la terre du chemin, et elle trébuchait de temps à autre. Mais elle était habituée à l'inconfort et à la douleur. Ils avaient toujours été ses compagnons.

Matt avait couru en éclaireur avec Branch, et ils revinrent vers elle, tout excités, annonçant qu'ils étaient enfin arrivés, que c'était juste après le prochain tournant.

– Une toute petite maison tordue que c'est ! lança-t-il. Et dehors dans le jardin y a la vieille sorcière avec ses mains tordues toutes pleines d'arcs-en-ciel !

Kira pressa le pas et, au débouché du tournant, comprit ce que Matt voulait dire. Une vieille femme aux cheveux blancs toute courbée s'affairait devant la minuscule cabane près d'un somptueux jardin de fleurs. Penchée sur un panier posé à terre, elle prenait à pleines poignées des filés de coton aux couleurs vives – des jaunes de mille et une nuances, du citron le plus pâle à un or fauve presque sombre – et les suspendait à une corde tendue entre deux arbres où étaient déjà pendus des roux et des rouges de teintes plus sombres.

Ses mains noueuses étaient toutes tachées. Elle en leva une en signe de bienvenue. Elle n'avait plus que quelques dents et un visage tout plissé et ridé, mais des yeux limpides comme un jour sans nuages. Agrippée à une canne de bois, elle s'approcha d'eux sans avoir l'air surpris le moins du monde devant ces visiteurs inattendus. Elle scrutait le visage de Kira avec la plus grande attention.

– Es toute pareille que ta mère, dit-elle.

– Vous savez donc qui je suis ? demanda Kira, intriguée.

La vieille femme hocha la tête.

– Ma mère est morte.

– Ouais. Ai su ça.

Comment ? Comment avez-vous su ?

Mais Kira ne posa pas la question.

– Je m'appelle Kira. Et voici mon ami Matt.

Matt fit un pas en avant, soudain presque intimidé.

– Ai amené ma croûte, dit-il. Mon chien et moi, on vous embêtera pas.

– Assieds-toi, dit la femme nommée Annabella en s'adressant à Kira.

Celle-ci ne faisait pas attention à Matt et à Branch, très occupé à flairer le jardin, toute soucieuse qu'elle était de trouver un endroit pour reposer sa pauvre jambe infirme.

– Pour sûr t'es fatiguée et t'as mal.

Elle indiqua d'un geste vague une souche d'arbre bien lisse, et Kira s'effondra avec gratitude sur ce siège de fortune, massant sa jambe douloureuse. Puis elle délaça ses sandales et les remplit de cailloux.

– Faut qu't'apprennes à faire les teintures, dit la vieille femme. T'es venue pour ça, pas vrai ? Ta mère elle savait et elle devait t'enseigner.

– Elle n'a pas eu le temps, soupira Kira. Et maintenant, ils veulent que je sache tout et que je fasse le travail – que je répare la Robe du Chanteur. Vous savez ça ?

Annabella hocha la tête et s'en retourna à sa corde à linge pour suspendre les derniers brins de coton jaunes.

– Je peux t'en donner quelques-uns pour commencer la réparation, dit-elle. Mais faut que t'apprennes les teintures. Il y a d'autres choses qu'ils vont te demander.

La vision d'une surface d'étoffe encore intacte à l'emplacement du dos et des épaules de la Robe s'imposa de nouveau à Kira. Remplir cet espace vierge avec le futur, voilà ce qu'ils exigeraient d'elle.

– Faut que tu viennes ici chaque jour. Faut que t'apprennes toutes les plantes. Regarde.

La femme indiqua d'un geste le bout de jardin touffu rempli de plantes vigoureuses dont la plupart étaient dans la floraison du début de l'été.

– Gaillet, dit-elle en montrant une haute plante chargée de fleurs d'or. Les racines donnent un excellent rouge. Mais la garance c'est encore mieux pour le rouge. Voilà ma garance, là, derrière.

Elle montra à nouveau quelque chose du doigt, et Kira vit une plante informe en piteux état sur un terre-plein.

– C'est pas le bon moment pour prendre les racines de la garance. Le début de l'automne, quand elle sommeille, c'est mieux.

Gaillet. Garance. Je dois me rappeler ces noms. Je dois les connaître.

– Genêt des teinturiers, annonça la vieille femme en taquinant du bout de sa canne un buisson couvert de petites fleurs. Les pousses donnent un joli jaune. Mais ne le déménage pas, à moins d'y être obligée. Le genêt, il aime pas qu'on le transplante.

Genêt des teinturiers. Pour le jaune.

Kira suivit Annabella tandis qu'elle tournait à un coin du jardin. Elle s'arrêta cette fois pour taquiner une plante drue avec des tiges raides et de petites feuilles ovales.

– Celui-là, c'est un sacré gaillard, dit-elle presque affectueusement. Millepertuis, qu'on l'appelle. Pas encore de fleurs ; 'core de trop bonne heure pour lui. Mais quand il fleurit, ses fleurs al te donnent un très joli jaune. Attention aux mains, ça tache.

Elle se redressa avec un drôle de petit ricanement. Puis :

– T'auras besoin de verts. La camomille peut t'en donner. Arrose bien surtout. Mais pour ton vert prends juste les feuilles. Garde les fleurs pour la tisane.

Kira avait déjà la tête qui lui tournait tant elle faisait d'efforts pour se rappeler les noms des plantes et des couleurs qu'elles produisaient, et pourtant Annabella n'avait encore décrit qu'un tout petit coin du jardin prodigue. Et maintenant, rien qu'à entendre les mots

« arroser », puis « tisane », elle se rendait compte qu'elle mourait de soif.

– S'il vous plaît, avez-vous un puits ? Est-ce que je pourrais boire ? demanda-t-elle.

– Vieux-Branch aussi ? L'a cherché un ruisseau et rien trouvé.

La petite voix flûtée de Matt s'élevait près de Kira. Elle avait presque oublié son existence.

Annabella les conduisit à son puits, derrière le kot, et ils burent avec gratitude. Matt versa de l'eau dans une fente de rocher pour son chien qui lapa avidement, dans l'espoir d'en avoir d'autre.

À la fin, Kira et la vieille Annabella s'assirent à l'ombre, tandis que Matt, qui mordait dans son pain, partait en exploration, Branch sur ses talons.

– Faut qu'tu viennes chaque jour, répéta Annabella. Faut qu't'apprennes toutes les plantes, toutes les couleurs. Comme ta mère quand c'était qu'une loupiotte.

– Je viendrai, c'est promis.

– Ta mère elle a dit que t'avais le don dans les doigts. Plus qu'elle.

Kira regarda ses mains croisées sur ses genoux.

– Il se passe quelque chose quand je travaille avec les fils. Comme s'ils savaient les choses tout seuls. Mes doigts n'ont plus qu'à suivre.

Annabella hocha la tête.

– Ça, c'est le don. L'ai eu pour les couleurs ; pour les fils, jamais. Mes mains al sont trop rudes. Toujours ont été comme ça. (Elle les brandit en l'air toutes tachées et déformées.) Mais pour que ce don des fils y t'serve, faut qu't'apprennes à faire les nuances ; quand déteindre avec le pot de fer ; comment aviver les couleurs ; comment les laisser couler.

Déteindre. Aviver. Laisser couler. Quelle étrange combinaison de mots !

– Ah oui, les mordants aussi. Faut qu'tu les apprennes. Quelquefois, le sumac. Les gales d'arbres – excellentes. Et quelques lichens. Mais le meilleur c'est... Viens ici, je vais te montrer. Devine un peu d'où qu'y sort, c'mordant-là ?

Avec une agilité surprenante pour une quadrisyllabe, Annabella se leva et conduisit Kira jusqu'à un récipient couvert ; tout près, au-dessus des braises mourantes d'un feu de plein air, était suspendu un énorme chaudron rempli d'une eau noirâtre, trop grand sûrement pour qu'on y cuise de la nourriture.

Kira se pencha en avant pour voir, mais quand Annabella souleva le couvercle, saisie, elle rejeta brusquement la tête en arrière. L'odeur du liquide était terrible, vous prenait à la gorge.

Annabella eut un petit rire ravi.

– Tu devines ?

Kira secoua la tête. Elle ne pouvait imaginer ce qui se trouvait dans cette nauséabonde marmite, et d'où ça provenait.

Annabella remit le couvercle, riant toujours.

– Tu le gardes et tu laisses bien vieillir, dit-elle. Et alors il donne vie à la couleur et la rend solide. C'est de la vieille pisse, expliqua-t-elle avec un gloussement satisfait.

La journée était déjà bien avancée quand Kira reprit le chemin de la maison avec Matt et Branch. Le balluchon qu'elle portait sur son épaule était rempli de fils et de filés de coton teints qu'Annabella lui avait donnés.

– Ils te seront utiles, avait dit la vieille teinturière. Mais faut que t'apprennes à faire pareil avec les tiens. Répète-les-moi un peu, les noms, ceux qu'tu t'souviens.

Kira ferma les yeux, réfléchit et prononça les noms à voix haute.

– Pour le rouge, garance et aussi gaillet, juste les racines. Têtes de tanaisie pour le jaune, et genêt pour le jaune aussi. Achillée : jaune et or. Passerose foncée, juste les pétales, pour le mauve.

– Herbe à chandelles, dit Matt à voix haute avec son petit sourire tordu tout en essuyant sur sa manche crasseuse son nez qui coulait, coulait !

– Chut, toi ! lui dit Kira en riant. Ne fais pas l'idiot. C'est important que je me souvienne. Carex, ajouta-t-elle : jaune d'or et bruns. Et aussi pour le brun, millepertuis, mais attention, ça tache. Ah oui, le fenouil mordoré – feuilles et fleurs ; les utiliser fraîches. On peut les manger aussi. Camomille : tisane et teintes vertes. C'est tout ce dont je me souviens, dit-elle sur un ton d'excuse. Il y en avait tant d'autres.

– C'est un début, dit Annabella avec un petit signe de tête approbateur.

– Matt et moi, nous devons partir ou il fera nuit noire avant que nous ne soyons de retour, dit Kira.

Elle tourna les talons. Mais, en regardant le ciel pour savoir l'heure, elle se rappela soudain quelque chose :

– Savez-vous faire le bleu ? demanda-t-elle.

Le visage d'Annabella se rembrunit.

– Y t'faut de la guède. Recueille les fleurs fraîches de la première floraison. Et pense à arroser avec de la bonne eau de pluie, c'est ça qui donne le bleu. J'en ai pas, ajouta-t-elle en secouant la tête. Des aut' qui en ont, mais là-bas, loin.

– C'est qui, ces aut' ? demanda Matt.

La vieille femme ne répondit pas au garçon. Elle se contenta d'indiquer d'un geste, à la lisière du jardin, l'endroit où commençait la forêt et où apparaissait la trace d'un étroit sentier envahi par la végétation. Puis elle repartit vers son kot. Kira l'entendit parler à voix basse :

– Jamais j'ai pu l'faire, ce bleu, disait-elle. Mais des aut' qui l'ont, le bleu, là-bas.

9

Sur la Robe du Chanteur il n'y avait plus que quelques traces infimes de l'ancien bleu, presque décoloré. Après le souper, une fois les lampes allumées, Kira l'examina avec le plus grand soin. Elle disposa sur la grande table ses fils de coton, ceux de sa collection personnelle et ceux, nombreux, que lui avait donnés Annabella ; elle savait que le lendemain, à la lumière du jour, il lui faudrait harmoniser à la perfection les teintes avant d'entreprendre la restauration de la Robe. Ce fut alors qu'elle remarqua – mi-soulagée, car elle ne savait pas comment y remédier, mi-déçue, car la couleur du ciel aurait beaucoup ajouté à la beauté des motifs – que le véritable bleu avait totalement disparu, qu'il ne restait plus qu'un pâle souvenir de ce qui avait jadis existé.

Elle répéta sans fin les noms des plantes à voix haute et, pour les retenir plus facilement, essaya même de composer une chanson : « Passerose et tanaisie, garance et gaillet… » Mais les mots ne rimaient pas, et le rythme n'y était pas.

Thomas frappa à sa porte. Kira le salua joyeusement, lui montra la Robe et les fils de couleur, et lui raconta sa journée avec la vieille teinturière.

–Je n'arrive plus à me rappeler tous les noms, dit-elle. Mais l'idée m'est venue de retourner demain matin sur l'emplacement de mon vieux kot. Peut-être y trouverai-je les plantes que ma mère utilisait pour les couleurs. Si je les vois, alors leurs noms me diront quelque chose. J'espère seulement que Vandara...

Elle s'interrompit. Elle n'avait jamais parlé au jeune Sculpteur de son ennemie jurée, et le seul fait de prononcer le nom Vandara l'emplissait de crainte.

–La femme à la cicatrice ? demanda Thomas.

Kira fit signe que oui.

–Tu la connais ?

Il secoua la tête.

–Non, mais je sais qui c'est. Tout le monde le sait.

Il prit sur la table un écheveau de coton rouge sombre.

–Comment la teinturière a-t-elle obtenu cette teinte ? demanda-t-il avec curiosité.

La jeune fille réfléchit. *Garance pour le rouge*.

–Garance ! s'exclama-t-elle. Juste les racines.

–Garance, répéta-t-il.

Il eut alors une inspiration.

–Je pourrais noter les noms pour toi, Kira. Cela te permettrait de les retenir plus facilement.

–Tu sais écrire ? Et lire ?

–Oui. J'ai appris quand j'étais petit. Les garçons en ont la possibilité, du moins ceux qui sont sélectionnés.

Et quelquefois, dans mon travail de sculpteur, j'ai affaire à des mots.

– Mais moi, je ne sais pas. Alors même si tu m'écrivais les mots, je ne saurais pas les lire. Et puis c'est interdit aux filles d'apprendre.

– Je pourrais au moins t'aider à les retenir. Je les noterais par écrit et je pourrais te les lire. Je suis sûr que ça t'aiderait.

Kira se rendit à ses raisons. Il alla donc chercher dans sa chambre une plume, de l'encre et du papier, et elle lui redit une nouvelle fois les mots dont elle se souvenait.

À la lumière vacillante des lampes, elle le regarda consigner soigneusement tous ces mots ; elle vit comment les lignes droites et les lignes courbes, en se combinant, finissaient par former des sons, qu'il pouvait ensuite lui répéter.

Lorsqu'il lut à voix haute *millepertuis*, le doigt posé sur le mot, elle nota que c'était un long mot avec des lignes droites pareilles à de hautes tiges. Vite, elle détourna les yeux, dans sa crainte de l'apprendre et d'être ainsi coupable d'avoir enfreint une sévère interdiction. Mais elle n'avait pu s'empêcher de sourire en le voyant, en voyant comment la plume traçait des formes et comment ces formes racontaient une histoire, celle d'un nom.

Le lendemain, de très bonne heure, après avoir expédié son petit déjeuner, Kira se rendit sur l'ancien emplacement du jardin de couleurs de sa mère. C'était le lever du soleil, et il y avait encore bien peu de gens debout à vaquer à leurs occupations. Kira avait vaguement espéré rencontrer Matt et Branch, mais les chemins étaient presque tous déserts et le village encore assoupi. On entendait bien des poulets glousser doucement et, ici ou là, un minot pleurer. Mais le tintamarre de la vie quotidienne était encore loin.

Comme elle approchait, elle vit l'enclos, déjà à moitié construit. En quelques jours à peine, les femmes avaient rassemblé des buissons d'épines et en avaient entouré les décombres du kot où Kira avait grandi. Le terrain ainsi délimité n'était encore que cendres et gravats. Mais très bientôt, la haie d'épineux qu'elles étaient en train de dresser le clôturerait complètement ; sans doute les femmes avaient-elles l'intention de fourrer minots et poulets à l'intérieur de cette enceinte. Il y aurait des bouts de bois pointus et des tessons de poterie aux arêtes vives. Cette vision arracha un soupir à la jeune fille. Les minots se couperaient et s'écorcheraient donc avec les débris de son propre passé, et elle n'avait pas le pouvoir d'empêcher cela. Vive comme une ombre, elle dépassa la cabane en ruine et se faufila le long de la clôture inachevée pour se retrouver devant les vestiges du jardin de couleurs de sa mère, à la lisière de la forêt.

Le potager avait été mis à sac, mais le petit jardin de fleurs était toujours là, bien qu'en piètre état, avec ses plantes toutes piétinées. Il était clair que les femmes, en traînant leurs buissons d'épines, l'avaient tout simplement traversé ; les fleurs n'en continuaient pas moins à s'épanouir, et Kira fut impressionnée de voir qu'au plus fort de la destruction, la vie palpitait encore, luttant de toutes ses forces pour se développer.

Elle dit tout bas, pour elle-même, les noms des plantes – ceux dont elle se souvenait – et cueillit tout ce qu'elle put, de quoi remplir le morceau d'étoffe qu'elle avait apporté. Annabella lui avait dit que la plupart des feuilles et des fleurs pouvaient être séchées et utilisées plus tard. Quelques-unes pourtant, comme le fenouil mordoré, ne devaient être employées que fraîches. Telle avait été la recommandation d'Annabella qui avait ajouté : « On peut aussi le manger. » Kira le laissa donc où il était, se demandant si les femmes savaient qu'il était comestible.

Tout près, un chien aboya ; on commençait à entendre les premières criailleries : une femme houspillée par son homme, un minot à qui on flanquait une raclée. Le village s'éveillait, la routine reprenait. Il était temps de partir. Désormais, sa vie était ailleurs.

Kira emmaillota les plantes qu'elle avait réunies dans le carré d'étoffe et noua celui-ci aux quatre coins. Puis elle jeta le balluchon sur son épaule, ramassa son bâton de marche et s'éloigna en toute hâte. Sur un chemin de traverse, à l'écart de la rue centrale du village, elle aperçut Vandara et détourna les yeux.

– Hé, Kira, lui cria la femme d'un ton méprisant et sarcastique, ta nouvelle vie elle te plaît bien ?

À la question succéda un rire strident. Vite, Kira obliqua pour éviter un face-à-face, mais le souvenir de la question fielleuse et doucereuse de la femme ne la quitta pas de tout le chemin du retour.

– J'aurais besoin d'un terrain où planter un jardin de couleurs, dit-elle non sans hésitation à Jamison quelques jours plus tard. Et d'une pièce bien aérée pour faire sécher les plantes. Et aussi d'un endroit où faire du feu et de pots pour teindre.

Elle réfléchit encore un peu avant d'ajouter :

– Et d'eau.

Il dit qu'on lui fournirait tout ce dont elle avait besoin. Il venait chaque soir lui rendre visite pour évaluer son travail de la journée et demander si elle ne manquait de rien. Il semblait étrange à Kira de voir exaucées toutes les requêtes qu'elle pouvait présenter. Mais Thomas disait qu'il en était toujours ainsi. Il pouvait demander n'importe quel bois – frêne, érable, noyer ou encore bois de cœur – ils le lui apportaient. En outre, ils lui avaient donné tous les outils possibles et imaginables, des outils dont certains lui étaient parfaitement inconnus jusque-là.

Les jours, des jours suroccupés, exténuants, succédaient aux jours.

Un matin, comme Kira se préparait à partir pour la masure de la teinturière, Thomas entra dans sa chambre.

– Est-ce que tu as entendu quelque chose la nuit dernière ? lui demanda-t-il d'un ton mal assuré. Un bruit, par exemple, qui t'aurait réveillée ?

– Non, répondit Kira après avoir réfléchi. J'ai dormi profondément. Pourquoi ?

Il semblait embarrassé, comme s'il essayait de se rappeler quelque chose.

– J'ai cru entendre un bruit ; on aurait dit un enfant qui pleurait. Cela m'a réveillé, enfin, je l'ai cru, mais peut-être n'était-ce qu'un rêve. Oui, je crois que c'était un rêve.

Soudain, son visage s'éclaircit, et il envoya promener d'un haussement d'épaules la petite énigme.

– J'ai fabriqué quelque chose pour toi, lui dit-il. J'y ai travaillé le matin, de très bonne heure, avant de commencer mon travail régulier.

– Qu'est-ce que c'est au juste, ton travail régulier ? Le mien, c'est la Robe bien sûr. Mais toi, qu'est-ce qu'ils t'ont donné à faire ?

– Le bâton du Chanteur. C'est un antique bâton, et ses mains – et celles des autres chanteurs avant lui, je présume – ont usé les sculptures, aussi doit-il être entièrement resculpté. Le travail est difficile. Mais important. Le Chanteur utilise les reliefs du bâton pour se repérer et se rappeler les différents cycles du Chant. Mais toute la partie supérieure du bâton est lisse. Un jour ou l'autre, je la sculpterai pour la première fois en créant mes propres motifs. (Il rit.) En réalité, ce ne seront pas les miens. Ils me diront ce qu'il faut mettre à cet endroit. Tiens !

Timidement, Thomas fouilla dans sa poche et tendit à Kira son cadeau. C'était une petite boîte au couvercle étroitement ajusté ; le dessus et les parois étaient finement sculptés d'après les motifs des plantes qu'elle commençait à connaître. Elle examina la boîte avec ravissement. Elle y reconnaissait les grandes tiges de l'achillée et ses inflorescences bouclées serré, au-dessus d'une base sculptée qui représentait, en relief, les feuilles sombres et aériennes de la plante.

Kira sut immédiatement ce qu'elle allait mettre dans l'exquise boîte : le bout de tissu brodé qu'elle avait emporté le jour du procès et qui l'avait consolée un soir de solitude où elle l'avait tenu dans le creux de sa main avant de s'endormir. Il était caché au fond d'un des tiroirs contenant les fournitures. Elle ne l'emmenait plus avec elle car elle craignait de le perdre pendant ses longues marches à travers bois et ses longues journées de travail harassant avec la teinturière.

Cette fois, elle alla le chercher et le mit dans la boîte. Thomas observait attentivement.

– C'est une jolie chose, dit-il en voyant le petit tissu.

Kira le caressa avant de refermer le couvercle.

– Il me parle à sa façon, confia-t-elle. On dirait qu'il est vivant.

Elle sourit, embarrassée, consciente de dire là une chose bizarre, que Thomas ne comprendrait pas et qu'il trouverait même peut-être absurde.

Mais Thomas hocha la tête.

– Oui, je comprends, dit-il à sa grande surprise. J'ai un morceau de bois qui se comporte de la même façon. Je l'ai sculpté il y a longtemps, quand je n'étais encore qu'un minot. Et quelquefois, je sens encore au bout de mes doigts le don que je possédais alors.

Thomas se dirigea vers la sortie.

Que tu possédais alors ? Que tu n'as plus ? Le don est éphémère ? Kira fut consternée à cette pensée mais elle n'en dit rien à son ami.

Bien qu'elle eût encore beaucoup à apprendre de la vieille teinturière, Kira se vit contrainte de réduire son temps d'apprentissage auprès d'Annabella, car il était urgent de commencer à travailler sur la Robe du Chanteur, et elle ne pouvait le faire qu'à la lumière du jour. Elle était maintenant enchantée de la salle de bains carrelée qui lui avait causé tant d'embarras les premiers jours. Grâce à l'eau chaude et au savon, elle pouvait ôter les taches de teinture, et il était bien entendu capital d'avoir les mains propres pour toucher la Robe.

Elle avait toujours son petit métier à broder, celui que Matt avait sauvé de l'incendie, mais elle n'en avait plus besoin. Parmi le matériel qu'on lui avait fourni il y avait un beau métier tout neuf monté sur de robustes pieds en bois et qui se dépliait, aussi n'était-elle plus obligée de le tenir sur ses genoux. Elle l'installait près de la fenêtre et travaillait assise sur une chaise, à côté de lui. Elle déploya la Robe sur la grande table pour l'examiner avec soin et choisir l'endroit par où elle allait commencer son travail. Pour la première fois, Kira entrevoyait l'immensité d'où montait le Chant du Chanteur. L'histoire tout entière du peuple dont l'apogée était l'épisode terrifiant de la Catastrophe était représentée dans son infinie complexité sur les plis imposants de la Robe.

Kira voyait la mer d'un vert très pâle et, dans ses profondeurs, des poissons de toutes espèces, parfois énormes, plus gros que des hommes, plus gros que dix hommes ensemble. Puis, imperceptiblement, la mer disparaissait pour laisser place à de vastes terres peuplées d'animaux inconnus, de hautes prairies d'herbe fauve où paissaient de puissantes créatures. Tout cela ne représentait qu'un minuscule coin de la Robe du Chanteur. En la parcourant des yeux, Kira remarqua que loin de la mer pâle, près des terres à pâturages, avait surgi une autre terre, et que sur cette terre des hommes étaient apparus. À très petits points, l'artiste avait esquissé des silhouettes de chasseurs armés de lances et d'épieux, et usé – nota la jeune fille – de points de nœud rouges pour figurer le sang des hommes blessés et emportés par les bêtes.

Mais cette scène avait eu lieu longtemps avant, longtemps avant son père, longtemps avant les plus lointains ancêtres de son peuple. Les hommes tués et criblés de points de nœud rouges n'occupaient qu'une partie infinitésimale de la Robe – battement de paupières de l'histoire, instant désormais englouti pour ressurgir une fois par an, lors du Chant rituel.

Comme elle regardait la Robe et la lissait avec sa main toute propre, Kira soupira et réalisa qu'il n'était pas raisonnable, faute de temps, de se plonger dans une telle contemplation. Il y avait un travail urgent à faire, et elle avait remarqué dans les yeux et la voix de Jamison une pression croissante. Il ne cessait d'entrer dans sa chambre pour vérifier tous les détails, s'assurer qu'elle était tout entière à son travail et ne laisserait rien au hasard.

Kira avait repéré sur la manche un endroit qui nécessitait une réparation sérieuse. Elle introduisit cette partie de la Robe dans le cadre du métier pour la maintenir bien tendue. Puis, très soigneusement, elle coupa les fils rompus à l'aide de délicats ciseaux qu'on lui avait fournis. Il y avait une petite tache sur une fleur savamment brodée dans différentes nuances d'or ; cette fleur faisait partie d'un paysage représentant des rangées de grands tournesols près d'une rivière vert pâle. Il y a très longtemps quelqu'un – un très habile artisan, un véritable artiste – avait réussi à donner vie à la rivière (elle avait l'air de couler vraiment) en brodant de petites courbes blanches qui donnaient une illusion d'écume. Quel don merveilleux avait cet ancien brodeur ! Mais ces fils tachés avaient bien besoin d'être remplacés.

Le travail n'avançait pas. Bien que ses doigts n'eussent pas le don quasi magique de ceux de Kira, Katrina, plus habile, plus expérimentée aussi, aurait été plus rapide.

La jeune fille tint les nouveaux fils d'or dans la lumière de la fenêtre et, après avoir examiné les subtiles différences de teintes, choisit avec un œil sûr ceux qui convenaient.

Quand, vers la fin de l'après-midi, la lumière commença à baisser, Kira s'arrêta de travailler. Elle regarda les quelques pouces de toile tendus sur le métier, évalua ce qu'elle avait fait et en conclut que c'était du bon travail. Sa mère aurait été contente. Jamison serait content. Elle espéra que le Chanteur lui aussi serait satisfait, lorsque le temps serait venu pour lui de revêtir la Robe.

Mais ses doigts lui faisaient mal. Elle les frotta en soupirant. Ce travail de restauration ne ressemblait en rien à ses propres travaux, ceux qu'elle avait réalisés sur de petits échantillons de tissu pendant toute son enfance. Il n'avait rien de commun avec le modeste ouvrage né spontanément entre ses mains, tandis qu'elle était assise au chevet de sa mère mourante : elle voyait encore les fils se tordre et s'entrecroiser tout seuls, obéissant à des règles jamais apprises ; elle les voyait créer des motifs qu'elle n'avait jamais vus. Jamais alors ses mains ne connaissaient la fatigue.

À la pensée de ce morceau de tissu si spécial, Kira alla droit à la boîte sculptée, le prit, le déplia et le fourra dans sa poche. C'était comme si un ami était venu lui rendre visite ; elle avait la même impression de chaleureuse intimité.

C'était presque l'heure du souper. Kira recouvrit soigneusement la Robe, toujours déployée sur la table, d'un grand tissu, puis, après avoir longé le corridor, frappa chez Thomas.

Le jeune sculpteur terminait lui aussi son travail de la journée. Il était occupé à essuyer les lames de ses outils avant de les ranger. Le long bâton reposait en travers de la table, serré dans son étau. Thomas sourit en apercevant Kira. Depuis quelque temps, ils prenaient leurs repas ensemble tous les soirs.

– Écoute, dit Thomas en désignant les fenêtres de sa chambre.

En effet, elle entendait une rumeur monter du forum, en contrebas. Sa chambre à elle, qui donnait sur la forêt, était toujours silencieuse.

– Que se passe-t-il ?

– Jette un coup d'œil. Ils se préparent pour la chasse de demain.

Kira s'avança jusqu'à la fenêtre et abaissa les yeux sur

la foule. Les hommes se rassemblaient pour la distribution des armes. Les chasses commençaient toujours très tôt le matin ; les hommes quittaient le village avant le lever du soleil. Kira vit qu'on avait ouvert les portes d'une annexe, non loin du Palais du Conseil, et qu'on apportait du magasin de l'annexe de longs épieux qui étaient empilés ensuite au centre du forum.

Les hommes soulevaient les lances et les soupesaient, cherchant celle qui semblait convenir le mieux. Il y avait des querelles. Elle vit deux hommes, les mains cramponnées à la même hampe et déterminés l'un comme l'autre à ne pas lâcher prise. Ils se crachaient des insultes à la figure.

Au beau milieu du tohu-bohu général, Kira vit une menue silhouette se jeter dans la mêlée et attraper un épieu. Nul ne semblait l'avoir remarquée. Ils étaient tous occupés à jouer des coudes et à pousser comme des enragés. Elle nota qu'un homme, blessé par la pointe d'un épieu, était déjà maculé de sang ; il était clair que d'autres subiraient le même sort avant la fin de la distribution chaotique. Personne ne prêtait attention au petit garçon. Personne, si ce n'est la jeune fille à sa fenêtre qui regardait la petite silhouette triomphante avancer avec la foule, un épieu non contesté à la main. Un chien folâtrait autour de ses pieds nus.

– Mais c'est Matt ! cria-t-elle, épouvantée. Ce n'est qu'un minot, Thomas. Il est bien trop jeune pour participer à la chasse.

Quand Thomas la rejoignit près de la fenêtre, elle lui désigna l'enfant et le chien. Il suivit la direction de son doigt et finit par découvrir Matt avec son épieu au milieu de la foule.

Il eut un petit rire étouffé.

–Quelquefois les minots font ça, expliqua-t-il. Les hommes n'y voient pas d'inconvénient. Ils les laissent suivre la chasse.

–Mais c'est bien trop dangereux pour un minot, Thomas !

–Qu'est-ce que cela peut te faire ? demanda Thomas, sincèrement étonné. Ce ne sont que des minots après tout. Et des minots, de toute façon, il y en a déjà bien trop.

–Mais c'est mon ami !

Il sembla enfin comprendre. Elle vit son expression changer ; elle le vit abaisser des yeux soucieux sur le garçon. Celui-ci était maintenant entouré par la bande de petits garnements qu'on voyait souvent à son côté. Ils l'admiraient tandis qu'il brandissait l'épieu.

Elle éprouva alors une douleur aiguë, quelque chose comme un élancement dans la hanche. Elle tendit la main pour la frotter dans l'espoir d'atténuer la douleur. Peut-être s'était-elle appuyée trop fort contre le rebord de la fenêtre. Sa main, mue comme par un instinct, se porta à sa poche. Elle se souvint qu'elle y avait mis le bout de tissu. Elle sentit qu'il se contractait comme s'il voulait l'avertir d'un danger.

–Thomas, dit Kira d'un ton pressant, aide-moi, s'il te plaît. Il faut absolument l'empêcher de partir.

10

Traverser la foule ne fut pas facile. Kira talonnait Thomas qui était plus grand qu'elle et qui essayait tant bien que mal de lui frayer un chemin au milieu des hommes aux voix rauques et criardes. Elle en reconnut quelques-uns : entre autres le boucher, en pleine discussion avec un autre homme qu'il maudissait ; elle vit aussi le frère de sa mère au centre d'un groupe de chasseurs qui comparaient bruyamment, avec force vantardises, le poids de leurs armes respectives.

Kira connaissait mal le monde des hommes. Ils menaient des existences radicalement séparées de celles des femmes. Elle ne les avait jamais enviés. Et maintenant qu'elle se trouvait bousculée de tous côtés par leurs corps épais qui sentaient la sueur, qu'elle entendait leurs cris et leurs grommellements furieux, elle se sentait à la fois effrayée et gênée. Puis elle comprit que c'était l'habitude propre aux périodes de chasse, quand les hommes exhibent leur force et fanfaronnent mais aussi se défient les uns les autres. Rien d'étonnant à ce que ce petit matamore de Matt souhaitât faire partie du groupe des chasseurs.

Comme elle se hâtait pour le dépasser, un homme aux cheveux clairs, le bras barbouillé de sang, sortit de la mêlée pour l'attraper. « Voici un trophée ! » l'entendit-elle crier. Mais ses compagnons n'écoutaient pas, trop pris par leur dispute. Se servant de son bâton comme d'une arme, elle repoussa l'homme et se dégagea de son étreinte.

– Tu ne devrais pas être ici, lui chuchota Thomas, quand elle l'eut rattrapé.

Ils étaient presque arrivés à l'endroit de la place où ils avaient repéré Matt pour la dernière fois.

– Il n'y a que des hommes, c'est toujours comme ça. Et à l'époque de la chasse, ce sont de vraies brutes.

Kira le savait bien. L'odeur, le bruit, les querelles grossières, tout donnait à penser que ce n'était guère un endroit pour les femmes et les jeunes filles ; aussi garda-t-elle la tête baissée et les yeux fixés au sol, espérant ne plus se faire remarquer et empoigner comme elle venait de l'être.

– Voilà Branch ! dit-elle en montrant du doigt le petit chien qui la reconnut et agita son misérable bout de queue tordue. Matt ne doit pas être loin !

Au côté de Thomas, elle se fraya un chemin à travers la foule, et finit par le trouver. Il était toujours à caracoler avec son épieu dont la pointe effilée ne cessait d'effleurer dangereusement les autres minots.

– Matt, appela-t-elle d'un ton de réprimande.

Il l'aperçut, agita la main et sourit.

–Suis Mattie, man'nant, lança-t-il.

Exaspérée, Kira empoigna la hampe de l'épieu juste au-dessus de la main de Matt.

–Tu ne seras pas longtemps un bisyllabe, dit-elle. Puis s'adressant à Thomas : Prends ça !

Elle arracha l'épieu et le tendit au jeune sculpteur avec précaution.

–Oh que si ! dit Matt, tout fier. (Il riait.) Regarde voir un peu ! Suis un vrai homme, ai une fourrure !

Le petit garçon leva les bras en l'air pour lui montrer sa bonne blague. Kira regarda. Ses aisselles étaient couvertes d'une espèce de végétation très dense.

–Qu'est-ce que c'est ? demanda-t-elle.

Puis, fronçant le nez :

–Mais ça sent la peste !

Elle toucha la prétendue fourrure, en arracha un peu et se mit à rire.

–Matt, c'est de l'herbe des marais. C'est dégoûtant. À quoi ça rime, cette mascarade ?

Elle voyait bien qu'il en avait couvert aussi toute sa poitrine.

Thomas tendit l'épieu à un chasseur qui s'en saisit avidement. Il regarda Matt que Kira avait attrapé par les épaules et qui gigotait désespérément pour se dégager.

–Tu es un garçon ou une bête ? On ne sait même plus ! Qu'est-ce que tu en dis, Kira ? Il me semble que ce serait le moment de lui montrer la salle de bains ! Et si on le nettoyait un bon coup pour le débarrasser de sa seconde syllabe ?

Au seul mot de « nettoyait », Matt se mit à gigoter

de plus belle pour se libérer. Mais Thomas et Kira, tous les deux, le tenaient bien. À la fin, Thomas réussit à le saisir à bras-le-corps et à le hisser sur ses épaules d'où il dominait toute la foule.

Maintenant que l'épieu au dangereux pouvoir de fascination avait disparu, le petit groupe des admirateurs se dispersait. Kira entendait Matt les appeler du haut de son perchoir au-dessus de la bruyante mêlée des chasseurs.

–Regardez voir la bête ! criait-il.

Mais personne ne le regardait ni ne s'en souciait. Kira trouva Branch en travers de son chemin, et elle le ramassa de peur qu'il ne soit piétiné. Appuyée sur son bâton, le petit chien fourré sous son bras libre, elle suivit Thomas ; ils contournèrent la foule et s'en furent retrouver les tranquilles couloirs du Palais.

Un peu plus tard, Thomas récurait sans pitié Matt et Branch dans la baignoire de sa salle de bains, tandis que Kira écoutait en riant plaintes et gémissements.

–Nnan, pas mes cheveux, pas ça, protestait Matt en hurlant, pendant que Thomas versait de l'eau sur sa tignasse emmêlée. Me noies !

Mais ce fut en compagnie d'un Matt propre et docile, enveloppé d'une couverture, avec une figure toute rose et des cheveux tout frais lavés enturbannés d'une serviette, que Kira et Thomas soupèrent. Quant à Branch, il s'ébroua gaiement comme s'il venait de jouer dans la rivière, puis, couché à terre, se mit à grignoter les morceaux qu'on lui offrait.

Matt renifla avec circonspection sa main toute propre et fit la grimace.

– Ce 'tit savon horrible affreux, dit-il. Mais j'aime bien la nourriture, ajouta-t-il en se resservant copieusement.

Après le souper, Kira lui brossa les cheveux, ce qui ne manqua pas de lui arracher des gémissements aigus. Puis elle lui tendit un miroir. Pour elle aussi, les miroirs étaient chose nouvelle. À son arrivée au Palais, elle ne connaissait d'elle qu'une seule image : celle que lui rendait la rivière, si différente de l'image des miroirs.

Matt examina sa propre image avec intérêt, fronçant le nez, haussant les sourcils. Il montra les dents, gronda contre le miroir, et fit peur à Branch qui dormait sous la table.

– Me suis bien défendu, déclara Matt d'un air avantageux. Un peu plus, et c'est qu'tu m'aurais noyé, mais me suis drôlement battu.

Enfin ils le rhabillèrent avec ses guenilles. Il se regarda, puis étendit soudain la main pour prendre le lacet de cuir autour du cou de Kira.

– Donne-me, dit-il.

Elle se recula, fâchée.

– Non, dit-elle en dégageant le collier de sa main. N'empoigne pas les choses comme ça. Si tu veux quelque chose, tu dois le demander.

– Donne-me, c'est demander.

– Non, pas du tout. Tu aurais bien besoin d'apprendre quelques bonnes manières. De toute façon, ajouta Kira, tu ne peux pas l'avoir. Je t'ai déjà dit que c'était quelque chose de spécial.

– Un cadeau, dit Matt.

– Oui. Un cadeau de mon père à ma mère.

– Pour qu'al l'aime mieux.

Kira rit.

– Oui, bien sûr. Mais elle l'aimait déjà mieux.

– Veux un cadeau. En ai jamais eu.

Thomas et Kira lui donnèrent en riant le morceau de savon lisse et doux qu'il fourra solennellement dans sa poche. Puis ils le laissèrent partir. Hommes et épieux avaient maintenant disparu. Les deux amis regardèrent par la fenêtre la petite silhouette, suivie par le chien, traverser la place déserte avant de disparaître dans la nuit.

Une fois seule avec Thomas, Kira essaya de lui expliquer l'avertissement qu'elle avait reçu du tissu.

– C'est comme s'il m'avait communiqué une sensation, dit-elle en hésitant un peu. Regarde !

Elle le sortit de sa poche et le plaça dans la lumière. Mais il resta inerte. Elle sentait émaner de lui une espèce de doux silence, complètement différent de la tension qui l'avait fait vibrer un peu plus tôt. Ce n'était plus qu'un simple morceau d'étoffe, et elle en fut déçue ; elle aurait voulu que Thomas comprenne.

– Je suis désolée, dit-elle avec un soupir. Il a l'air sans vie, je sais. Mais il y a des moments...

Thomas hocha la tête.

– Peut-être es-tu la seule à pouvoir éprouver cette sensation, dit-il. Tiens, je vais te montrer mon morceau de bois.

Il alla droit à une étagère suspendue au-dessus de sa table de travail et prit un petit morceau de pin de couleur claire qui tenait dans le creux de la main. Kira vit qu'il était orné de motifs sculptés très raffinés qui s'entrelaçaient en courbes compliquées.

– Tu as sculpté ça quand tu n'étais qu'un minot ? demanda-t-elle, étonnée.

Elle n'avait jamais rien vu d'aussi extraordinaire. Les boîtes et les objets décoratifs disposés sur sa table de travail, bien que parfaitement beaux à leur manière, n'avaient rien à voir avec cette petite pièce, tellement plus élaborée.

Thomas secoua la tête.

– Je débutais tout juste, expliqua-t-il. J'apprenais à me servir des outils. J'ai commencé à m'exercer sur ce petit morceau de bois qu'on avait mis au rebut. Et…

Il hésita. Il fixait le petit morceau de bois comme si celui-ci n'avait rien perdu de son mystère.

– Les sculptures se sont faites toutes seules ? demanda Kira.

– Oui. J'ai eu cette impression en tout cas.

– Comme pour moi avec le bout de tissu.

– C'est pourquoi je peux comprendre comment le bout de tissu te parle. Le morceau de bois parle de la même façon. Je le sens entre mes doigts. Quelquefois, il…

– … t'avertit ? questionna Kira, qui se rappelait la manière dont le petit tissu, soudain tendu, avait vibré, semblait-il, quand elle avait aperçu Matt, un épieu à la main.

Thomas acquiesça.

– … et m'apaise, ajouta-t-il. Quand je suis arrivé ici, tout jeune encore, il m'arrivait de me sentir seul et d'avoir peur. Toucher le bois me calmait.

– Le bout de tissu m'apaise quelquefois moi aussi. Au début, quand tout était si nouveau pour moi, j'étais pleine d'appréhension. Mais ça me rassurait de tenir le morceau d'étoffe dans ma main.

Elle réfléchit un moment, essayant de se représenter à quoi avait bien pu ressembler l'existence au Palais pour un garçon arrivé là tout jeune.

– Je crois que c'est plus facile pour moi parce que je ne suis pas seule comme tu l'as été, dit-elle. Jamison vient voir mon travail chaque jour. Et je n'ai qu'à descendre le couloir pour te voir, toi.

Les deux amis restèrent assis en silence. Puis Kira remit le bout de tissu au fond de sa poche et se leva.

– Il faut que je retourne chez moi. J'ai tant à faire ! Merci de m'avoir aidée à récupérer Matt, ajouta-t-elle. C'est un vilain minot, n'est-ce pas ?

– Vilain affreux, dit-il.

Et ils rirent ensemble, pleins d'affection pour leur jeune ami.

11

Kira, tremblante, fit irruption dans la friche où se trouvait la masure d'Annabella.

Ce matin-là, elle était seule. Matt l'accompagnait encore de temps à autre, mais la vieille teinturière, avec ses interminables explications, l'ennuyait. Il préférait le plus souvent filer avec Branch et ses amis, en quête de nouvelles aventures. Il était encore tracassé par l'histoire du bain. Ses camarades s'étaient moqués de lui quand ils l'avaient vu étincelant de propreté.

C'est pourquoi, ce matin-là, Kira s'était enfoncée seule sur le chemin de la forêt. Et ce matin-là, pour la première fois, elle avait été effrayée.

– Qu'est-ce qui ne va pas ?

Annabella était à son feu de plein air. Elle avait dû se lever bien avant l'aube pour que le feu, qui crachotait et crépitait sous l'énorme bouilloire de métal, soit déjà aussi vif. Et pourtant le soleil était à peine levé lorsque la jeune fille s'était mise en route.

Kira, retenant sa respiration, dépassa les jardins en

boitillant et rejoignit la vieille femme qui transpirait à grosses gouttes : la chaleur palpitante du feu faisait vibrer l'air. Ce lieu, Kira le sentait bien, respirait la sécurité. Et son corps tout entier aspirait à la détente.

– As un air de peur sur toi, fit observer la teinturière.

– Une bête m'a poursuivie sur le sentier, expliqua Kira en essayant de retrouver une respiration normale. (Sa frayeur commençait à s'apaiser, mais une tension subsistait.) Je l'ai entendue dans les buissons. J'ai entendu ses pas, et quelquefois elle grondait.

À sa grande surprise, Annabella eut un petit rire étouffé. La vieille femme s'était toujours montrée bonne et patiente avec elle. Pourquoi se moquerait-elle à présent de sa frayeur ?

– Je ne peux pas courir, précisa Kira. À cause de ma jambe.

– C'est point la peine de courir, dit Annabella.

Elle remua l'eau du chaudron à la surface de laquelle de petites bulles commençaient à se former par intermittence.

– J'vas mettre à bouillir des bleuets pour avoir un beau vert bronze, dit-elle. Juste les têtes de fleurs. Les feuilles et les tiges donnent de l'or.

D'un signe de tête, elle désigna un sac rempli de têtes de fleurs posé sur le sol, non loin de là. Kira le ramassa. Et quand Annabella, après avoir vérifié avec son bâton la température de l'eau, lui fit signe, elle versa dans le chaudron la masse compacte des fleurs. Elles surveillèrent ensemble la mixture qui commençait à frémir. Puis Annabella posa par terre son bâton à mélanger.

– Entre, dit la vieille femme. J'vas te faire une potion calmante.

Décrochant une bouilloire suspendue à proximité, au-dessus d'un autre feu plus modeste, elle l'emporta dans le kot. Kira la suivit. Elle savait que les têtes de fleurs devraient bouillir jusqu'à midi, puis continuer à macérer dans leur bain encore de nombreuses heures. Extraire les couleurs était toujours un long processus. L'eau de teinture de bleuet ne serait pas utilisable avant le lendemain matin.

La cour des teintures, gagnée par la chaleur du feu, était étouffante, presque intenable. Mais, à l'intérieur, la cabane, protégée par des murs épais, était fraîche. Des plantes séchées, pâles et fragiles, étaient suspendues aux poutres du plafond. Sur une table de bois massif, près de la fenêtre, des piles de filés de coton de toutes les couleurs attendaient d'être triés. Distinguer et nommer les différentes couleurs faisait partie de l'apprentissage de Kira. Elle posa son bâton contre le mur et s'installa à sa place, à la table de tri. Derrière elle, Annabella versait de l'eau bouillante sur les feuilles sèches qu'elle avait déposées au fond de deux gobelets grossiers.

– Ce brun profond vient des pousses de verge-d'or, n'est-ce pas ? Il a l'air plus clair que lorsqu'il est mouillé. Mais il est encore très joli, ajouta Kira en portant à la lumière de la fenêtre les brins de coton.

Quelques jours plus tôt, elle avait aidé la teinturière à préparer les pousses pour leur bain de teinture.

Annabella apporta les gobelets d'infusion. Elle jeta un coup d'œil aux fils que tenait Kira et hocha la tête.

– La verge-d'or al sera bientôt en fleur. On utilise les fleurs fraîches – attention, jamais les sèches – pour avoir un jaune brillant. Et les fleurs elles bouillent juste un peu, pas aussi longtemps que les pousses.

Encore et toujours de nouvelles bribes de savoir à attraper et à garder en mémoire. Elle demanderait à Thomas de les noter comme le reste. Tout en buvant son thé d'herbes brûlant et fort à petites gorgées, elle repensa à l'effrayant bruit de pas entendu dans le sous-bois.

– J'ai eu si peur sur le chemin, avoua-t-elle. C'est la vérité, Annabella, je ne peux pas courir du tout. Ma jambe n'est bonne à rien – et elle la considéra, toute honteuse.

La vieille femme haussa les épaules.

– Eh bien, ta peur, al t'a amenée ici, dit-elle.

– C'est vrai, et je lui en suis reconnaissante. Mais je me déplace si lentement !

Elle réfléchissait tout en caressant la surface rugueuse du gobelet.

– Quand Matt et Branch m'accompagnent, continua-t-elle, jamais je ne suis poursuivie. Peut-être que Matt me permettra d'emmener Branch tous les matins. Même un petit chien peut faire peur aux bêtes et les tenir à distance.

Annabella rit.

– Y a point de bêtes, dit-elle.

Kira la regarda. Bien entendu aucune bête ne se risquerait jamais jusqu'à cette friche rougeoyante de feux. Et, apparemment, la vieille femme ne quittait jamais sa friche et n'empruntait jamais le sentier qui menait au village. « Tout ce qu'y m'faut, j'l'ai ici », avait-elle dit à Kira. Et avec quel dédain n'avait-elle pas parlé de la vie agitée du village ! Mais elle avait assez vécu pour devenir une quadrisyllabe et acquérir quatre degrés de sagesse. Et voilà tout à coup qu'elle se mettait à parler, semblait-il, comme un minot ignare, prétendant qu'il n'y avait aucun danger ! Comme Matt, quand il avait joué les durs en frappant sa poitrine recouverte d'herbe des marais : sa prétendue toison virile !

Nier le danger ne vous met pas pour autant en sûreté.

– Je l'ai entendue gronder, fit Kira à voix basse.

– Nomme les couleurs, commanda Annabella.

– Achillée, dit la jeune fille en soupirant.

Elle posa à côté du brun profond un jaune très pâle. La teinturière acquiesça.

Elle examina à la lumière un jaune plus lumineux.

– Tanaisie, finit-elle par décider.

Annabella acquiesça de nouveau.

– Elle grondait, répéta Kira.

– Y a point de bêtes, répéta la teinturière d'un ton ferme.

Et Kira continua à trier les fils et à les nommer.

– Garance, dit-elle en caressant le rouge profond, une de ses couleurs préférées.

Elle prit, juste à côté, un mauve très pâle et fronça les sourcils, ajoutant :

– Je ne connais pas celui-ci, il est joli.

– Baie de sureau, dit la vieille femme. Mais la teinte n'est pas solide, elle ne dure pas.

Kira serra les fils couleur lavande dans sa main.

– Annabella, finit-elle par dire, elle grondait. Elle grondait vraiment.

– Alors c'était un être humain. Un qui jouait à faire la bête, répondit Annabella d'une voix ferme et assurée. A voulu te faire peur, voulu que les bois y t'flanquent la frousse. Y a point de bêtes.

Et ensemble, lentement, elles trièrent tous les fils en les appelant par leurs noms.

Plus tard, dans le silence de la forêt que ne troublait aucun bruit suspect, jusque dans les épais buissons qui bordaient le sentier de chaque côté, Kira se demandait quel être humain avait bien pu la suivre à la trace, et pourquoi.

– Thomas, demanda Kira pendant le souper, est-ce que tu as déjà vu une bête ?

– Vivante, non.

– Alors une morte ?

– Nous en avons tous vu. Quand les chasseurs les apportent. Rappelle-toi l'autre nuit. Ils en ont apporté après la chasse. Il y en avait un énorme tas près de la cour du boucher.

Kira plissa le nez.

– Seigneur ! Quelle odeur ! se souvint-elle. Mais, Thomas…

Il attendait sa question. Ce soir-là, on leur avait servi de la viande nappée d'une sauce très épaisse et accompagnée de petites pommes de terre rôties.

Kira montra la viande sur son assiette.

– Voilà ce que les chasseurs ont apporté. Je crois que c'est du lièvre.

Thomas acquiesça d'un signe de tête.

– Tout le gibier apporté par les chasseurs était du même genre. Du lapin sauvage. Quelques oiseaux. Il n'y avait rien, non, rien de très gros.

– Il y avait des cerfs. J'en ai vu deux chez le boucher.

– Mais les cerfs sont des créatures très douces qui s'effraient facilement. Jamais les chasseurs n'amènent de bêtes armées de griffes et de crocs. Jamais ils n'attrapent ce qu'on appelle une bête sauvage.

– Tant mieux. Une bête comme ça pourrait tuer.

Kira pensa à son père. Emporté par les bêtes.

– Annabella dit qu'y en a point.

– Point ?

Thomas semblait intrigué.

– Elle l'a dit comme ça. Point de bêtes.

– Elle parle comme Matt ? demanda Thomas qui n'avait jamais rencontré la vieille teinturière.

– Un peu. Elle a probablement grandi dans la Fagne.

Ils se remirent à manger en silence. Jusqu'à ce que Kira le questionne de nouveau :

– Tu n'as donc jamais vu de véritable bête ?

– Non, reconnut Thomas.

Après avoir réfléchi un moment, il secoua la tête.

– Et toi ?

Kira fixait obstinément la table. Il lui avait toujours été difficile d'aborder le sujet, même avec sa mère.

– Mon père a été emporté par les bêtes, dit-elle.

– Tu l'as vu ?

La voix de Thomas était profondément altérée.

–Non. Je n'étais pas encore née.

–Ta mère l'a vu ?

Kira essaya de se rappeler les détails du récit de Katrina.

–Non. Il était parti à la chasse. Tout le monde dit que c'était un excellent chasseur. Mais il n'est jamais rentré. Ils sont venus annoncer à ma mère qu'il avait été attaqué et emporté par les bêtes au cours de la chasse. Et pourtant, ajouta-t-elle, perplexe, en regardant Thomas, Annabella dit qu'y en a point.

–Comment pourrait-elle le savoir ?

Thomas était sceptique.

–C'est une quadrisyllabe, Thomas. Ceux qui vivent assez longtemps pour avoir un nom de quatre syllabes savent tout.

Thomas fit oui de la tête et bâilla. Il avait travaillé dur tout le jour. Les outils dont il venait de se servir étaient encore sur sa table de travail : de petits ciseaux avec lesquels il avait minutieusement resculpté le bâton raffiné du Chanteur aux endroits lisses où les motifs étaient presque effacés. C'était un travail qui exigeait un soin extrême et ne permettait aucun repentir. Thomas lui avait dit qu'il avait souvent mal à la tête et qu'il devait s'interrompre sans cesse pour se reposer les yeux.

–Je vais partir, comme ça tu pourras te reposer, lui dit Kira. Je dois ranger mes affaires avant d'aller au lit.

Elle retourna dans sa chambre, à l'autre bout du corridor, et plia la Robe qui était restée étendue sur la table. Dès son retour de la forêt, elle avait travaillé sans relâche à sa restauration et, à la fin de l'après-midi, elle avait montré comme chaque jour son œuvre à Jamison qui avait approuvé en silence. Ce soir-là, elle était fatiguée elle aussi. Les longues marches jusqu'au kot d'Annabella étaient épuisantes, en même temps, l'air frais lui donnait vigueur et santé. Thomas devrait sortir plus souvent. À cette pensée, elle se mit à rire : voilà qu'elle parlait comme une mère grondeuse !

Après le bain – ah, comme elle appréciait l'eau chaude maintenant ! – la jeune fille revêtit une chemise de nuit très simple mais lavée de frais, puis, s'approchant de la boîte sculptée, elle en sortit le bout de tissu qu'elle emporta dans son lit. La frayeur que lui avait causée la créature cachée dans les buissons ne l'avait pas vraiment quittée de toute la journée, et elle ne put s'empêcher d'y penser avant de s'endormir.

Est-il vrai qu'il n'y a point de bêtes ?

Ses pensées revenaient inlassablement à cette question à laquelle elle répondait dans un souffle, tandis que le petit tissu tout chaud se lovait au creux de sa paume.

Y en a point.

Et mon père, alors, quelles bêtes l'ont emporté ?

Kira sombra dans le sommeil, et ses pensées laissèrent glisser les mots obsédants mais insaisissables. Sa respiration était douce et égale ; blottie contre l'oreiller, elle rêva de la question.

Le petit morceau d'étoffe donna une espèce de réponse, plus ténue qu'un battement d'ailes de papillon ou qu'une légère brise, dont il ne lui resta aucun souvenir à son réveil à l'aube. Il lui avait dit quelque chose à propos de son père – quelque chose d'important, quelque chose qui comptait – mais ce frêle savoir était entré dans son sommeil en frissonnant comme dans un rêve. Au petit matin, elle ne se rappelait pas le moins du monde ce que cela pouvait bien être.

12

Quand la cloche du réveil sonna, Kira ouvrit les yeux avec le sentiment que quelque chose avait changé : elle avait vaguement conscience d'une différence, mais ne se rappelait plus en quoi elle consistait. Elle resta un moment assise sur le bord de son lit à réfléchir. Mais elle avait beau réfléchir, elle n'arrivait pas à saisir la nature de cette mystérieuse différence et finit par y renoncer. Quelquefois, elle le savait, les souvenirs enfouis et les rêves oubliés ressurgissent plus facilement si l'on cesse d'y penser.

Dehors, c'était la tempête. Le vent secouait les arbres et rabattait des trombes de pluie sur le Palais. Le sol dur et glacé s'était transformé en boue pendant la nuit, et il était hors de question que Kira se rende ce jour-là à la cabane de la teinturière. *Eh bien, tant mieux !* pensa-t-elle. Il y avait beaucoup à faire sur la Robe, et le début de l'automne, époque du Grand Rassemblement, approchait. Ces derniers temps d'ailleurs, il arrivait que Jamison entre chez elle deux fois par jour pour voir si elle avait bien avancé. Il semblait content de son travail.

– Tu vois, lui avait-il dit l'avant-veille en passant doucement la main sur la partie de la Robe encore intacte, c'est là que commencera ton véritable travail. Après le Grand Rassemblement, tu en auras fini avec le travail de restauration ; il te faudra alors broder toute cette partie-là – cela te prendra des années.

Kira avait touché l'endroit où était posée la main de Jamison. Essayé de voir si, à ce contact, ses doigts allaient retrouver leur magie. Mais elle n'avait rencontré que le vide. Éprouvé comme un manque, une faim inapaisée.

Jamison avait, semblait-il, deviné son angoisse et tenté de la rassurer.

– Ne t'inquiète pas. Je t'expliquerai ce que nous souhaitons voir représenté ici.

Kira était restée muette. Les paroles de Jamison, loin de la rassurer, l'avaient chiffonnée. Ce n'était pas d'instructions qu'elle avait besoin, non ; elle éprouvait seulement le besoin de sentir la magie affluer à nouveau sous ses doigts.

Au souvenir de cette conversation, Kira eut une brusque illumination : *Il faut que je demande à Jamison à propos des bêtes ! Il doit savoir !* N'avait-il pas dit le jour du procès qu'il avait participé à la fameuse chasse et assisté à la mort de son père ?

Et pourquoi ne pas poser la question aussi à Matt ? La jeune fille en était convaincue, cette petite créature sauvage avait dû franchir plus d'une fois les frontières interdites et aller là où les minots n'étaient pas censés aller. Elle rit tout bas en songeant à Matt et à sa coquinerie. Il épiait tout, savait tout. Si Thomas et elle ne s'y étaient pas opposés, il n'aurait pas quitté les chasseurs d'une semelle et aurait encouru un grave danger. D'ailleurs, il l'avait peut-être déjà fait.

Peut-être avait-il vu les bêtes.

Lorsque le servant lui apporta son petit déjeuner, Kira lui demanda d'allumer les lampes. La tempête avait plongé la pièce dans le clair-obscur, et il faisait sombre, même près de la fenêtre, là où elle s'asseyait d'ordinaire pour travailler. Elle finit tout de même par s'installer à sa place habituelle avec la Robe largement déployée, et tendit dans le cadre la partie la moins antique de la broderie qui nécessitait une réparation. Comme elle l'avait déjà souvent fait, elle suivit des yeux et du bout des doigts, sur la Robe, la très riche histoire du monde : le commencement – depuis longtemps restauré – avec l'eau verte, les bêtes sombres sur le rivage et les chasseurs tachés de sang. Plus loin, les villages avec leurs différents types d'habitation : ici, la fumée montant des feux s'enroulait en volutes de très petits points dans un sourd camaïeu de gris tirant sur le pourpre. Une chance que ces motifs n'aient pas eu besoin de réparations, car Kira n'avait aucun fil assorti. Les anciens fils à broder avaient sans doute été teints avec du basilic, et Annabella lui avait dit à quel point cette teinture était délicate et combien elle tachait les mains.

Puis c'étaient, par pans entiers, des tourbillons de feu dans une gamme très riche de jaunes, d'orangés, de rouges – tourbillons qui réapparaissaient ici et là sur la Robe comme une sorte de leitmotiv de la Catastrophe. Sur ce fond de motifs compliqués où couraient les fils éclatants du feu destructeur, Kira distingua des figures humaines : une population décimée dont les minuscules villages avaient été réduits en poussière ; plus loin, il y avait des villes splendides, infiniment plus vastes, qui avaient été elles aussi incendiées et anéanties à jamais par le feu. En quelques endroits de la Robe, on avait un sentiment de fin du monde. Et pourtant il émergeait toujours, à proximité, d'autres civilisations ; le monde repoussait ; d'autres peuples apparaissaient.

Catastrophe. Reconstruction. Catastrophe encore et encore. Renouveau. La jeune fille continuait à suivre du doigt les différentes scènes : au fur et à mesure que surgissaient de nouvelles villes, plus grandes, plus belles, la destruction poursuivait son œuvre, toujours plus étendue, toujours plus radicale. Le cycle était si régulier qu'il semblait obéir à un schéma très précis : c'était toujours le même mouvement de haut en bas et de bas en haut, pareil à une vague. La vague naissait dans un coin exigu, là où la première catastrophe était apparue, pour grossir à l'infini. Plus les villages se multipliaient, plus les incendies se multipliaient. Tous ces villages, brodés à très petits points – une combinaison de points différents – étaient encore minuscules, mais Kira les voyait croître sur la Robe ; elle voyait comment, à chaque fois, la catastrophe était plus radicale, et plus difficile la reconstruction.

Mais les images de la sérénité étaient exquises. Des

fleurs miniatures aux mille et une nuances émaillaient des prairies striées de fils d'or comme autant de rayons de soleil. De petits personnages se tenaient embrassés. Au sortir du chaos torturé de l'histoire du monde, les motifs des époques paisibles donnaient une impression de profonde tranquillité.

Kira, qui suivait maintenant du doigt le tracé des nuages blancs teintés de rose contrastant avec le gris ou le vert des cieux pâles, fut prise à nouveau d'un désir de bleu. La couleur du calme. Qu'avait donc dit Annabella ? Qu'ils avaient du bleu là-bas ? Qu'est-ce que cela signifiait ? Qui étaient ces *ils* ? Où était *là-bas* ?

De violentes rafales de pluie éclaboussèrent la vitre, l'arrachant à sa rêverie. Elle soupira et regarda les arbres se courber. Au loin, le tonnerre grondait.

Où était donc Matt, et que pouvait-il bien faire par ce temps ? Elle savait que les gens ordinaires – les habitants des kots – resteraient à l'intérieur ce jour-là. Elle imaginait les hommes sombres et nerveux, les femmes se lamentant à voix haute parce qu'elles ne pouvaient pas s'acquitter de leurs tâches habituelles, les minots enfermés qui, fatalement, finiraient par se bagarrer pour se mettre à pleurnicher, une fois que leur mère leur aurait flanqué un bon aller-retour.

Sa propre existence dans la seule compagnie d'une mère au doux parler avait été bien différente. Au point de la séparer des autres femmes et de susciter leur hostilité, entre autres celle de Vandara.

–Kira ?

C'était la voix de Thomas ; il frappait à la porte.

– Entre.

Il entra et resta debout près de la fenêtre à regarder la pluie tomber.

– J'étais en train de me demander ce que pouvait bien fabriquer Matt par un temps pareil, dit Kira.

Thomas se mit à rire.

– Eh bien, je vais te le dire. Il est en train de terminer mon petit déjeuner. Il est arrivé très tôt ce matin, dégoulinant de pluie. Il prétendait que sa mère l'avait jeté dehors parce qu'il était bruyant et fatigant. Mais je crois qu'il avait simplement envie d'un petit déjeuner.

– Branch est là aussi ?

– Bien entendu.

Comme en écho à leur conversation, ils entendirent le léger tip-tap, tip-tap des pattes du chien dans le couloir, et Branch apparut dans l'encadrement de la porte, la tête dressée, les oreilles pointées et la queue très agitée. Kira s'agenouilla pour le gratter derrière l'oreille.

– Kira ?

Thomas fixait toujours la pluie à travers la vitre.

– Hmmm ? fit-elle en levant les yeux.

– J'ai entendu le bruit toute la nuit. Cette fois, j'en suis sûr. On aurait dit un enfant qui pleurait. Je crois que ça vient de l'étage du dessous.

Elle le regarda, et vit qu'il était inquiet.

– Kira, dit-il avec hésitation, je voudrais savoir... Est-ce que tu veux bien m'accompagner ? J'aimerais explorer un peu... Mais bien sûr il est possible que ce soit simplement le bruit du vent.

De fait, dehors, le vent n'avait pas faibli. Les branches

cinglaient la façade du Palais, et les feuilles arrachées étaient emportées dans un tourbillon. Mais comment confondre deux bruits aussi différents que la tempête et les sanglots d'un enfant ?

– Et si c'était un animal ? suggéra Kira. J'ai déjà entendu des miaulements de chat qui ressemblent étrangement aux pleurs des bébés quand ils ont mal au ventre.

– Des chats ? répéta Thomas d'un ton sceptique. C'est possible.

– Ou une biquette ? Leur cri ressemble à un sanglot.

Thomas secoua la tête.

– Ce n'était pas une chèvre.

– Eh bien, personne ne nous a interdit d'explorer le Palais, commenta Kira. En tout cas, on ne me l'a pas défendu.

– À moi non plus.

– Alors c'est d'accord, j'irai avec toi. De toute façon, il n'y a pas assez de lumière pour travailler ce matin, je n'y vois rien.

Kira se leva. Branch frétillait déjà d'impatience.

– Et Matt ? ajouta-t-elle. Je suppose que nous l'emmenons.

– M'emmener ? Où ça ?

Matt venait d'apparaître sur le seuil de la porte, nu-pieds, les cheveux tout mouillés, vêtu d'une chemise de toile trop grande pour lui qu'il avait empruntée à Thomas. Il avait le menton couvert de miettes et les coins de la bouche barbouillés de confiture.

– On va faire une aventure ? fit-il.

– Matt ? Je voudrais te demander… As-tu déjà vu une bête ? Une vraie ?

Le visage de Matt s'éclaira.

– Des billions et des billions !

Il se composa un masque de bête montrant les crocs avant de pousser un rugissement : son chien, effrayé, fit un bond de côté.

Kira roula les yeux et regarda Thomas.

– Ici, Vieux-Branch. (Matt, redevenu lui-même, s'était installé près du chien qui s'approcha pour le renifler.) Tiens, Branch, v'là des 'tites barbouilles pour toi, dit Matt qui sourit jusqu'aux oreilles, tandis que le chien léchait sur sa figure les restes du petit déjeuner.

– Oui, on part à l'aventure, reprit Kira en recouvrant avec soin la Robe d'un tissu protecteur. On a décidé d'aller explorer le Palais. On n'est encore jamais descendus à l'étage du dessous.

À cette seule idée, les yeux de Matt s'agrandirent de plaisir.

– J'ai entendu un bruit la nuit dernière, expliqua Thomas. Ce n'est sans doute rien, mais on a décidé d'aller jeter un coup d'œil.

– Un bruit, c'est jamais *rien*, fit remarquer Matt.

À juste titre, pensa Kira.

– Oh, ce n'est sans doute pas grand-chose, rectifia Thomas.

– Mais p'têtre que c'est intéressant ! s'exclama Matt avec ardeur.

Les trois amis, suivis par le chien, empruntèrent le corridor en direction de l'escalier.

13

D'habitude, Branch, toujours en tête, gambadait comme un fou de long en large pour revenir vers ses amis en décrivant de grands cercles. Mais ce matin-là, prudent, il restait à l'arrière. Dehors, le tonnerre grondait toujours, et le corridor était plongé dans la pénombre. Thomas marchait devant. Les griffes du chien cliquetaient sur le carrelage, mais les pieds nus de Matt, près de lui, glissaient silencieusement, et on n'entendait d'autres bruits que les coups sourds, à intervalles réguliers, du bâton de Kira et le petit bruit de frottement de son pied mort.

Comme à l'étage supérieur où ils habitaient, il n'y avait qu'un corridor vide sur lequel donnaient des portes en bois, toutes fermées.

Thomas tourna dans le couloir, puis fit un bond en arrière, comme effrayé. Les autres se figèrent sur place.

–Chchchut !

Thomas avait mis un doigt sur sa bouche.

Devant eux, à un angle du corridor, ils entendirent des pas. Puis quelqu'un qui frappait, une porte qui s'ouvrait et enfin une voix. Les mots étaient peu intelligibles, mais la voix et l'intonation semblèrent familières à Kira.

– C'est Jamison, fit-elle en formant silencieusement les mots avec ses lèvres.

Thomas acquiesça d'un signe de tête et risqua un œil à l'angle du couloir.

Kira s'avisa que Jamison avait été son défenseur et qu'elle lui devait – à lui, et à lui seul – d'être là, vivante, au début d'une nouvelle existence. Cela ne rimait donc vraiment à rien de se cacher de lui, blottie dans la pénombre du corridor. Elle n'en avait pas moins étrangement peur.

Elle s'approcha de Thomas sur la pointe des pieds. En se penchant, ils virent qu'une des deux portes était ouverte. De l'intérieur s'échappait un murmure indistinct. L'une des voix était celle de Jamison ; l'autre, celle d'un enfant.

L'enfant pleura un peu. Jamison parla.

À leur grande surprise, l'enfant commença à chanter. Sa voix claire et pure s'éleva. Sans mots. Il n'y avait pas de mots. Juste la voix, si claire qu'on eût dit un instrument de musique à elle seule. Elle monta, monta pour s'arrêter sur une note très haute et la tenir un long moment.

Kira sentit tout à coup qu'on la tirait par la jupe. Elle baissa les yeux et vit Matt près d'elle, les yeux écarquillés. Elle lui fit signe de rester tranquille.

Puis le chant s'interrompit brusquement, et l'enfant se remit à pleurer. Ils entendirent la voix de Jamison.

Elle avait changé, c'était maintenant une voix rude. Kira ne l'avait encore jamais entendu parler sur ce ton.

La porte se referma violemment, et les voix ne leur parvinrent plus qu'assourdies.

Matt la tirait toujours par la jupe, et Kira se baissa pour qu'il puisse lui chuchoter à l'oreille ce qu'il avait à dire.

– Est mon amie, dit-il précipitamment. Enfin, pas vraiment, cause que moi et mes copains on aime point les filles. Mais sais qui c'est. Al vivait dans la Fagne.

Thomas écoutait aussi.

– Celle qui chantait ? demanda-t-il.

Matt hocha la tête avec enthousiasme.

– Son nom, c'est Jo. Al chante toujours dans la Fagne.

– Chhh ! (Kira essayait de calmer Matt qui avait beaucoup de mal à parler tout bas.) Rentrons, proposa-t-elle. Chez moi, on pourra parler.

Cette fois, Branch gambadait en tête, tout heureux de s'en aller et enthousiaste à la perspective de trouver encore quelque chose à manger dans la pièce du petit déjeuner. Ils grimpèrent l'escalier à pas de loup et rentrèrent dans la chambre de Kira.

Matt, désormais en sécurité, se jucha sur le lit, pieds nus, les jambes ballantes, et raconta tout ce qu'il savait au sujet de Jo.

– Est plus 'tite que moi, dit-il en sautant prestement à bas du lit pour lever la main au niveau de son épaule. Peu près grande comme ça. Et tous les gens d'la Fagne, y sont si contents quand y l'entendent chanter.

Il regrimpa sur le lit ; Branch le rejoignit d'un bond et se pelotonna sur l'oreiller de Kira.

–Mais pourquoi est-elle ici ? demanda la jeune fille, intriguée.

Matt eut un haussement d'épaules un peu forcé.

–L'est orpheline man'nant. Sa mwé et son p'pa y sont morts, expliqua-t-il.

–Tous les deux ? En même temps ?

Kira et Thomas se regardèrent. Ils avaient l'un comme l'autre connu le deuil, un double deuil. Mais fallait-il que le même phénomène se fût reproduit ? Pour un autre minot ?

Matt acquiesça d'un air important. Il adorait jouer le rôle de messager et de grand informateur.

–D'abord sa mwé al a eu la maladie et après, vous savez, quand c'est que les haleurs ils emmènent la mwé au Champ ? Et quand le p'pa y va voir l'esprit partir ? (Thomas et Kira hochèrent la tête.) Eh ben, dit Matt en se composant un masque tragique, son p'pa y s'est assis dans l'Champ, et l'était si triste qu'il a pris un gros bâton pointu et qu'y s'est transpercé l'cœur avec. C'est c'qu'y disent en tout cas, ajouta-t-il en voyant sur la figure bouleversée de ses amis l'effet produit par son récit.

–Mais il y avait un minot ! Il y avait une petite fille ! s'exclama Kira à qui il semblait inimaginable qu'un père pût avoir un tel comportement.

Matt haussa à nouveau les épaules. Mais il n'en réfléchit pas moins à la question.

–P'têtre qu'il l'aimait point ? suggéra-t-il pour ajouter, au bout d'un moment, les sourcils froncés : Mais comment qu'y pouvait point l'aimer quand al chante si bien ?

– Et comment est-elle arrivée au Palais ? questionna Thomas. Que peut-elle bien faire ici ?

– Disent qu'y l'ont donnée à quelqu'un qui voulait trop avoir des aut' minots, dit Matt.

Kira hocha la tête.

– Les orphelins vont toujours vivre dans une autre famille.

– À moins que... dit Thomas avec lenteur.

– À moins que quoi ? demandèrent Kira et Matt d'une seule voix.

– À moins qu'ils ne sachent chanter, dit-il enfin, après avoir pesé ses mots.

Comme chaque jour, Jamison vint frapper à la porte de Kira tard dans l'après-midi. Dehors, la pluie continuait à tomber. Matt l'intrépide s'en était allé avec son chien à la recherche de ses copains. Dieu sait où ils pouvaient être par un temps pareil ! Thomas était retourné travailler dans sa chambre, et Kira, qui avait pu, grâce aux lampes supplémentaires apportées par le servant, s'atteler elle aussi à l'ouvrage, avait passé tout l'après-midi à broder. La visite de Jamison fut un intermède bienvenu. Le servant apporta le thé, et ils s'assirent tous les deux de compagnie, tandis que la pluie frappait contre les vitres.

Comme à son habitude, il examina soigneusement le travail de la jeune fille. Son visage n'avait pas changé, c'était toujours le même beau visage buriné qui lui était devenu familier depuis de longues semaines. Tandis qu'ensemble ils passaient en revue les plis et replis de la

Robe largement déployée, il lui parlait sur un ton courtois et même amical.

Mais Kira se rappela qu'un peu plus tôt, dans la chambre du dessous, sa voix avait pris une inflexion rude, et ce seul souvenir l'empêcha de le questionner à propos de la petite chanteuse.

– Ton travail est remarquable, dit Jamison.

Il se pencha pour examiner l'endroit qu'elle venait d'achever : elle avait harmonisé en camaïeu différentes nuances de jaune pour broder tout un fond au point de nœud – des points minuscules – de manière à former une véritable texture.

– Le travail de ta mère était excellent, certes, mais le tien est très supérieur, ajouta-t-il. T'avait-elle appris tous ces points ?

Kira acquiesça.

– Oui, la plupart.

Elle ne jugea pas bon de lui dire comment les autres points lui venaient tout seuls, sans qu'elle les ait jamais appris. Elle aurait eu l'air de se vanter.

– Et Annabella m'a appris la teinture, ajouta-t-elle. J'utilise encore beaucoup de ses fils à broder, mais je commence à fabriquer mes propres couleurs quand je suis chez elle.

– Elle sait tout ce qu'il faut savoir, la vieille femme, dit Jamison qui regardait la jambe de Kira avec une inquiétude manifeste. J'espère que la marche n'est pas trop dure pour toi. Un jour, nous aurons ici tout ce qu'il te faut : la fosse à feu et les chaudrons. Je projette d'installer un atelier de teinturerie juste en dessous.

Il fit un geste en direction de la fenêtre, indiquant un espace compris entre le Palais et la lisière du bois.

– Non, elle n'est pas trop dure. Je suis solide. Mais...

Elle hésitait.

– Oui ?

– Quelquefois, il m'est arrivé d'avoir peur sur le chemin. La forêt est si proche.

– Il n'est rien qui puisse faire peur là-bas.

– J'ai peur des bêtes, très peur, avoua-t-elle.

– C'est normal. Il faut absolument que tu restes sur le sentier. Les bêtes ne s'approcheront pas, dit-il d'une voix aussi rassurante que le jour du procès.

– Une fois, j'ai entendu gronder, avoua Kira qui frissonnait légèrement à ce souvenir.

– Si tu ne t'écartes pas du chemin, tu n'as rien à craindre.

– Annabella disait la même chose. Elle m'a affirmé qu'il n'y avait rien à craindre.

– Elle parle avec sagesse, la sagesse d'une quadrisyllabe.

– Mais, Jamison ?

Pour une mystérieuse raison, Kira avait hésité à lui en parler. Peut-être se refusait-elle à suspecter la sagesse de la vieille femme. Mais cet après-midi-là, encouragée par l'intérêt plein de sollicitude que lui avait témoigné Jamison, elle lui répéta le propos stupéfiant et si assuré de la vieille teinturière.

– Elle a dit qu'il n'y avait pas de bêtes.

Il jeta un regard étrange à Kira.

– Pas de bêtes ? Elle a dit ça ? interrogea-t-il.

Son expression dénotait à la fois la surprise et la colère. Il reposa sur la table le morceau de la Robe qu'il était en train d'examiner.

– Elle est très vieille, dit-il fermement. C'est dangereux pour elle de parler ainsi. Il semblerait que son esprit commence à divaguer.

Kira regarda Jamison d'un air sceptique. Elle travaillait avec Annabella depuis de longues semaines. La liste des noms de plantes, les multiples caractéristiques de chacune d'elles, les minutieux procédés de la teinture – toutes choses supposant un savoir si complexe – eh bien, tout était parfaitement clair et complet. Kira n'avait pas décelé le moindre signe ni la moindre trace de confusion mentale. Se pouvait-il que la vieille femme sût quelque chose que personne d'autre, fût-ce quelqu'un du statut de Jamison, ne savait ?

– Avez-vous *vu* des bêtes ? demanda Kira avec hésitation.

– Maintes et maintes fois. Les bois en sont remplis. Ne franchis jamais les limites du village. Ne t'écarte surtout *pas* du chemin.

Kira le regarda. Il était difficile d'interpréter son expression, mais il avait une voix ferme et assurée.

– N'oublie pas, Kira, poursuivit-il, que j'ai vu ton père emporté par les bêtes. C'était une chose affreuse.

Jamison soupira et lui tapota la main avec compassion. Puis, tournant les talons :

– Ton travail est vraiment remarquable, répéta-t-il avec une satisfaction non feinte.

– Merci, murmura Kira.

Elle glissa sa main, sur laquelle elle sentait encore le contact de celle de Jamison, dans sa poche. Tout au fond reposait le petit bout de tissu spécial. Mais il n'émanait de lui aucun pouvoir de consolation. Tandis que la porte se refermait derrière Jamison, elle le caressa dans l'espoir de trouver en lui un apaisement, mais il sembla se rétracter sous ses doigts, un peu comme s'il essayait de l'avertir de quelque chose.

La pluie continuait à tomber régulièrement. Pendant un instant, elle crut percevoir, à travers le bruit de la pluie, les sanglots d'un enfant à l'étage inférieur.

14

Le lendemain, le soleil brillait mais Kira s'éveilla fatiguée après une nuit de sommeil agité. Elle prit son petit déjeuner de bonne heure, puis laça soigneusement ses sandales en prévision de la course jusqu'à la cabane d'Annabella. Peut-être l'air limpide et frais qui avait succédé à la pluie la réveillerait-il et lui ferait-il du bien. Elle avait mal à la tête.

La porte de Thomas était fermée. Il dormait sans doute encore. De l'étage inférieur ne parvenait aucun bruit non plus. Kira se retrouva dehors, goûtant le vent léger qui s'attardait après la tempête et sentait bon les pins encore mouillés et tout brillants. Il fit voler ses cheveux en arrière, et la détresse d'une nuit sans sommeil commença à s'estomper.

Appuyée sur son bâton, Kira se dirigea vers le sentier qui sortait du village pour s'enfoncer dans la forêt et qu'elle empruntait chaque jour. Il passait tout près de l'atelier de tissage.

– Kira, appela une voix de femme venue de l'atelier.

Elle vit que c'était Marlena, déjà à son métier à tisser, en dépit de l'heure très matinale.

Kira sourit, agita la main et fit un crochet pour aller saluer la femme.

– T'as bien manqué ici. Ces minots qui nettoient pour nous, là, y valent rien. Paresseux que c'est à faire peur ! Un a volé mon déjeuner hier.

Le visage de Marlena s'assombrit à la seule évocation de cet affront. Ses pieds se mirent à actionner plus lentement la pédale, et Kira comprit qu'elle avait faim de bavardages et de commérages.

– Là, c'est lui, cette fripouille de minot !

Une truffe mouillée familière vint frôler la cheville de Kira. Elle se baissa pour gratter Branch et vit Matt, caché dehors, à un angle de l'atelier, lui adresser son petit sourire tordu.

– Hep, toi là-bas ! appela Marlena d'une voix colère.

Matt battit aussitôt en retraite et rentra dans sa cachette.

– Marlena, demanda Kira, se rappelant que la tisserande vivait dans la Fagne, est-ce que tu as connu une petite appelée Jo ?

– Jo ?

La femme scrutait toujours attentivement l'angle de l'atelier dans l'espoir d'apercevoir Matt et de pouvoir le gronder.

– Hep, toi là-bas ! héla-t-elle de nouveau.

Matt était bien trop rusé et trop malin pour répondre.

– Oui, Jo. Elle chantait.

– Ah, la p'tiote qui chante ! Oui, je l'ai connue. Son nom, je sais pas. Mais ses chants, tous on connaissait. Comme un oiseau, c'était.

– Qu'est-ce qui lui est arrivé ?

Marlena haussa les épaules. Ses pieds recommencèrent à actionner doucement la pédale.

– Encore une qu'al a été emportée. L'ont donnée à quelqu'un, je suppose. Disent qu'al est orpheline.

Elle se pencha en avant et chuchota distinctement :

– Disent qu'al a eu les chants par de la magie. Personne qui lui a appris. Les chants, y viennent comme ça.

Ses pieds marquèrent un temps. Elle fit signe à Kira de s'approcher et lui glissa à l'oreille :

– Disent que ces chants ils étaient pleins de savoirs. C'est qu'une p'tiote, tu sais. Mais elle a l'don ; quand al chantait, c'était comme si al savait des choses qu'étaient même pas 'core arrivées ! L'ai jamais entendue moi-même, seulement qu'on m'en a parlé.

Marlena rit, et ses pieds retrouvèrent le rythme rapide du métier à tisser. Kira lui fit un signe d'adieu et se dirigea vers le sentier.

C'est là que l'attendait Matt qui bondit de derrière un arbre. Kira se retourna un instant, mais Marlena, très occupée à son métier, les avait déjà oubliés tous les deux.

– Est-ce que tu viens avec moi ce matin ? demanda-t-elle à Matt. Je croyais que tu t'ennuyais chez la teinturière.

– Tu dois pas y aller aujourd'hui, dit Matt gravement.

Une seconde plus tard, il lançait un coup d'œil à son chien et riait.

– T'as vu ! Vieux-Branch, l'essaye de s'attraper un 'tit lézard !

Kira regarda et rit à son tour. Branch avait poursuivi un petit lézard jusqu'au pied d'un arbre et, frustré, le regardait filer tout en haut, hors de portée. Il se tenait debout sur ses pattes arrière, tandis que ses pattes avant tricotaient dans le vide. Le lézard tourna la tête pour le regarder et darda dans sa direction une langue humide et effilée. Pendant un moment, Kira le regarda elle aussi en pouffant de rire, puis elle se tourna à nouveau vers Matt.

– Pourquoi est-ce que je ne dois pas y aller ? Qu'est-ce que tu veux dire ? J'ai déjà manqué la matinée d'hier à cause de la pluie. Annabella m'attend.

Matt avait un air grave, presque solennel.

– Al attend personne. Est partie pour le Champ à peine que le soleil y s'est levé. Les haleurs qui l'ont prise. Tout vu.

– Pour le Champ ? Mais qu'est-ce que tu racontes, Matt ? Comment veux-tu qu'elle aille à pied de son kot au Champ ? C'est impossible ! C'est trop loin ! Elle est bien trop vieille ! Et de toute façon elle ne voudrait pas faire ça.

Matt roulait les yeux.

– Pas dit qu'al voulait ça. Dit qu'ils l'ont *emportée*. Al est morte.

– *Morte ?* Annabella ? Comment est-ce possible ?

Kira était abasourdie. Elle avait vu la vieille femme deux jours plus tôt. Elles avaient siroté ensemble leur thé d'herbes.

Matt avait pris au sérieux sa question.

– Pareil que ça, répliqua-t-il.

Il se jeta à terre, s'allongea, les bras écartés, ouvrit

tout grands les yeux et leva vers le ciel un regard sans expression.

Branch, curieux, lui flaira le cou, mais Matt ne broncha pas. Kira assistait, pétrifiée, à sa parodie grotesque mais exacte de la mort.

– Non, Matt, dit-elle à la fin, ne fais pas ça. Lève-toi. Arrête.

Matt s'assit et prit le chien sur ses genoux. Puis il se gratta la tête et regarda Kira d'un air étrange.

– Vont p'têtre te donner son fatras, déclara-t-il.

– Tu es sûr que c'était Annabella ?

Matt hocha la tête.

– Vu sa figure quand y l'ont amenée au Champ.

Et de nouveau, mais très fugitivement, il se composa un masque de mort, avec des yeux vides.

Kira s'écarta du sentier. Elle se mordait la lèvre. Matt avait raison, il ne fallait pas qu'elle aille dans les bois. Mais que faire ? Elle ne savait où aller. Elle pouvait toujours réveiller Thomas. Mais à quoi bon ? Il n'avait jamais rencontré la vieille teinturière.

Elle finit par retourner au Palais du Conseil. D'ordinaire, elle passait toujours par une porte latérale. Elle n'avait franchi l'imposante porte principale qu'une seule fois : le jour de son procès, il y avait déjà bien des semaines. Aujourd'hui, le Conseil des Seigneurs ne se réunirait probablement pas dans l'immense pièce où le procès avait eu lieu. Mais Jamison devait bien être dans un endroit ou un autre du Palais. Elle décida d'aller le trouver. Il saurait ce qui s'était passé et lui dirait ce qu'il fallait faire.

– Non, Matt, dit-elle, quand le minot commença à la suivre.

Sa figure s'allongea. Il avait escompté une aventure.

– Va réveiller Thomas, lui dit Kira, et raconte-lui ce qui est arrivé. Dis-lui qu'Annabella est morte et que je suis partie à la recherche de Jamison.

– Jamison ? C'est qui ?

L'ignorance de Matt stupéfia Kira. Jamison faisait tellement partie intégrante de sa vie qu'elle avait oublié que le minot ne connaissait pas son nom.

– C'est le Seigneur qui m'a conduite la première fois dans mon appartement, expliqua-t-elle. Tu te rappelles ? Un homme très grand avec de longs cheveux noirs ? Tu étais avec nous ce jour-là. Il porte toujours un bijou de Thomas, ajouta-t-elle. Un très joli travail, avec une silhouette d'arbre.

À cette évocation, Matt hocha la tête.

– L'ai vu ! dit-il précipitamment.

– Où ça ?

Kira regarda autour d'elle. Si Jamison était dans les parages et si elle réussissait à le trouver dans l'un des ateliers, elle n'aurait pas à se rendre au Palais du Conseil.

– L'était là qui regardait tout et qui marchait avec, quand c'est que les haleurs ils ont amené la vieille teinturière au Champ, dit Matt.

Ainsi Jamison savait déjà.

Les corridors étaient, comme toujours, obscurs et déserts. Kira, qui se croyait obligée de marcher le plus silencieusement possible, ce qui n'était pas facile avec son bâton et sa jambe à traîner, eut tout d'abord l'impression d'être une conspiratrice. Puis elle se souvint qu'elle n'avait pas à se cacher et qu'aucun danger ne la menaçait. Elle cherchait tout simplement l'homme qui lui avait servi de mentor depuis la mort de sa mère. Elle pouvait même, au besoin, l'appeler à voix haute dans l'espoir qu'il lui répondrait. Mais cela aurait été déplacé, aussi continua-t-elle à parcourir le corridor en silence.

Comme elle s'y attendait, l'immense auditorium était vide. Elle savait qu'on ne l'utilisait qu'à certaines occasions : le Grand Rassemblement annuel ; des procès comme le sien ; et enfin, d'autres cérémonies auxquelles elle n'avait jamais assisté. Elle entrebâilla légèrement l'énorme porte, risqua un coup d'œil dans la pièce et s'en fut chercher Jamison dans une autre partie du Palais.

Elle frappa timidement à plusieurs portes jusqu'à ce qu'une voix bourrue réponde : « Oui ? » Elle ouvrit alors la porte d'une poussée et se trouva face à l'un des servants, un homme affairé à son bureau qu'elle n'avait jamais vu.

– Je cherche Jamison, expliqua-t-elle.

– Il n'est pas ici, répondit le servant en haussant les épaules.

Elle le voyait bien.

– Avez-vous une idée de l'endroit où il pourrait être ? demanda-t-elle poliment.

– Probablement dans l'aile.

Le servant se replongea dans son travail. Il avait l'air de trier des papiers.

Kira savait que son propre appartement était situé dans « l'aile ». La réponse du servant semblait logique. Jamison était sans doute en train de la chercher pour lui annoncer la mort d'Annabella. Ce matin-là, elle avait commencé sa journée beaucoup plus tôt que d'habitude pour rattraper le temps perdu la veille à cause de la pluie. Si elle avait attendu, Jamison l'aurait trouvée chez elle, lui aurait parlé de la mort de la vieille femme, donné des explications, et elle ne se sentirait pas aussi seule et bouleversée.

– Excusez-moi, mais est-ce que d'ici je peux rejoindre l'aile sans ressortir ?

Avec impatience, le servant lui indiqua la direction de la gauche.

– La porte du fond, dit-il.

Kira le remercia, referma la porte derrière elle et s'en fut à l'autre bout de l'interminable corridor. La porte n'était pas fermée et, quand elle l'ouvrit, elle aperçut un escalier qui lui était familier. La veille, pendant la tempête, elle l'avait descendu sur la pointe des pieds avec Thomas et Matt. Elle savait que les marches conduisaient au couloir de l'étage supérieur sur lequel donnaient sa chambre et celle de Thomas.

Elle demeura immobile, l'oreille tendue. Le servant avait dit que Jamison devait se trouver quelque part dans l'aile, mais elle n'entendait aucun bruit.

Prise d'une inspiration subite, au lieu d'emprunter l'escalier qui menait à son appartement, Kira resta au premier étage. Elle se dirigea sans hésiter vers l'encoignure où Thomas et elle s'étaient cachés la veille pour scruter les alentours et tenter d'identifier la provenance des pleurs. Dans le silence désert, elle tourna le coin et s'approcha de la porte restée ouverte l'après-midi précédent.

Elle se pencha et colla l'oreille contre le bois de la porte pour écouter. Mais aucun son – ni pleur ni chant – ne lui parvenait.

Au bout d'un moment, elle essaya la poignée de porte. Mais la porte était fermée. Alors, très doucement, elle frappa. Elle entendit à l'intérieur comme un bruissement, puis le trottinement sourd de petits pieds d'enfant sur un plancher nu.

Elle frappa doucement à nouveau.

Entendit un petit cri plaintif.

S'agenouilla près de la porte. Ce fut difficile, avec sa jambe infirme. Mais elle parvint à se baisser jusqu'à ce que sa bouche soit à hauteur de la serrure. Elle appela alors doucement :

– Jo ?

– Fais rien de mal, répondit une petite voix effrayée et désespérée. M'exerce.

– Je sais qui tu es, dit Kira à travers le trou de serrure. (Elle entendait sangloter à petit bruit.) Je suis ton amie, Jo. Je m'appelle Kira.

– Veux ma mwé, veux ma mwé, suppliait l'enfant qui semblait très jeune.

Dieu sait pourquoi, Kira pensa à l'enclos qui avait été construit à l'emplacement de son vieux kot. Les minots y étaient à présent parqués, sévèrement gardés par des buissons d'épines. Cela semblait cruel. Mais au moins ils n'étaient pas isolés. Ils étaient ensemble et, à travers l'épais feuillage, ils pouvaient observer la vie du village. Pourquoi fallait-il que cette petite soit enfermée seule dans une chambre ?

– Je reviendrai, lança-t-elle doucement à travers la porte.

– T'amèneras ma mwé ?

La petite voix était tout contre la serrure. Kira pouvait presque sentir la respiration de l'enfant.

Matt lui avait dit que les parents de Jo étaient morts tous les deux.

– Je reviendrai, répéta Kira. Jo ? Écoute-moi bien.

La petite renifla. Très loin, à l'étage du dessus, Kira entendit une porte s'ouvrir.

– Il faut que je parte, murmura Kira d'un ton décidé à travers le trou. Mais écoute-moi, Jo. Je vais t'aider, c'est promis. Et maintenant, chut ! Ne dis à personne que je suis venue ici.

Elle se leva en toute hâte. Agrippée à son bâton, elle rejoignit la cage d'escalier. Lorsqu'elle eut atteint le second étage et tourné le coin, elle aperçut Jamison sur le seuil de sa chambre. Il s'avança, la salua chaleureusement et lui annonça le décès d'Annabella.

Kira, soudain méfiante, ne souffla mot de la petite fille de l'étage du dessous.

15

– Regarde ! Ils sont en train de m'installer un atelier de teinturerie !

Il était midi. Kira désignait, sous la fenêtre, le terrain délimité par le Palais et la lisière de la forêt. Thomas s'approcha pour voir. Les ouvriers avaient dressé la charpente du futur atelier ; sous l'auvent, ils avaient déjà installé l'étendage : de longues perches horizontales sur lesquelles on mettrait à sécher fils et filés de coton.

– Elle n'aura jamais eu pareille installation, murmura Kira en songeant à Annabella avec mélancolie. Elle va me manquer, ajouta-t-elle.

Tout s'était passé si vite. La mort brutale d'Annabella ; puis, dès le lendemain, la construction du nouvel atelier de teinturerie.

– Qu'est-ce que c'est que ça ? demanda Thomas en montrant la fosse peu profonde que des ouvriers étaient en train de creuser juste à côté.

Sur le bord, on enfonçait dans la terre à coups de marteau une sorte de potence servant à suspendre les chaudrons au-dessus du feu.

– C'est pour le feu. Quand on fait bouillir les teintures,

on a tout le temps besoin d'un feu très vif. Oh, Thomas ! soupira Kira en se détournant de la fenêtre, je n'arriverai jamais à me rappeler comment on fait tout ça.

– Mais si, tu y arriveras. J'ai noté tout ce que tu m'as dit. On le répétera sans arrêt jusqu'à ce que tu le saches par cœur. Regarde ! Qu'est-ce qu'ils apportent donc là ?

Elle regarda encore et vit les ouvriers entasser des bottes de plantes séchées à côté du nouvel atelier. *Ils ont dû apporter toutes celles qui étaient suspendues au plafond de la cabane d'Annabella*, pensa Kira. *J'aurai au moins un endroit pour commencer. Je crois que je connais tous les noms des plantes, si du moins, dans leur ignorance, ils ne les ont pas toutes mélangées*.

Puis elle se mit à rire sous cape en voyant un des ouvriers poser par terre un pot muni d'un couvercle, puis s'en détourner avec une grimace de dégoût.

– C'est le mordant, expliqua Kira. Il a une odeur épouvantable.

Il s'agissait bien entendu de ce qu'Annabella avait appelé son pot de vieille pisse et dont le contenu, étonnamment précieux, jouait un rôle capital dans la fabrication des teintures. Mais elle n'avait pas voulu répéter à Thomas le mot brutal.

Ce matin-là, les ouvriers avaient commencé à arriver de très bonne heure avec leur chargement de plantes, de chaudrons et de matériel divers. Jamison était encore dans la chambre de Kira à commenter les événements de la veille.

Une mort subite selon lui. Les personnes âgées, avait-il expliqué, trouvent souvent la mort de cette façon. Annabella avait dormi, tout bonnement – il pleuvait, elle avait fait un petit somme pour tuer le temps –, et elle ne s'était pas réveillée. C'était tout. Il n'y avait aucun mystère dans cette affaire.

Peut-être, avait fait observer Jamison non sans solennité, la vieille femme avait-elle senti que sa mission auprès de Kira était achevée, et qu'elle n'avait plus rien à lui enseigner. Quelquefois, c'était ainsi que la mort venait : comme une vague qui vous emporte quand vous avez achevé votre tâche sur terre.

– Inutile de brûler son kot, avait-il ajouté, car elle n'est pas morte de maladie. Aussi restera-t-il en l'état. Un jour, si tu veux, quand tu auras terminé ton travail ici, tu pourras y habiter.

Kira avait hoché la tête. Elle acceptait ses explications. Puis elle avait réalisé que l'esprit de la vieille femme n'avait sans doute pas encore quitté son corps.

– Elle va avoir besoin de quelqu'un pour la veiller, fit-elle remarquer à Jamison. Puis-je aller m'asseoir auprès d'elle ? Je l'ai fait pour ma mère.

Mais Jamison refusa. Le temps manquait. Le jour du Grand Rassemblement approchait. Il n'était pas question de perdre quatre jours. Kira devait travailler à la Robe ; d'autres veilleraient l'esprit d'Annabella.

Kira serait donc seule, absolument seule pour pleurer la vieille teinturière.

Après le départ de Jamison, elle resta assise à méditer sur la vie qu'Annabella avait choisie, une vie ô combien solitaire, coupée de tout lien avec le village.

Et ce fut alors, et alors seulement, que plusieurs questions lui traversèrent l'esprit : *Qui l'a trouvée ? Qu'est-ce qui leur a donné l'idée d'aller voir ?*

– Thomas, est-ce que tu veux bien quitter ta chère fenêtre ? demanda Kira, assise à sa table. J'ai quelque chose à te dire.

À contrecœur, il vint la rejoindre ; à son visage, elle voyait bien qu'il était ailleurs, toujours à écouter la rumeur du chantier sous la fenêtre. *Oh les garçons !* pensa Kira. Ils ne résistaient jamais à ce genre de choses. Si Matt s'était trouvé dans les parages, il serait resté en bas, dans les pattes des ouvriers, à gêner et à s'agiter comme la mouche du coche.

– Ce matin… commença-t-elle – puis, sentant son inattention : Thomas ! Écoute donc !

Il se tourna vers elle avec un grand sourire et l'écouta.

– Je suis allée dans la chambre du dessous, celle où nous avons entendu le minot pleurer.

– Et chanter, rappela Thomas.

– Oui. Et chanter.

– D'après Matt, elle s'appelle Jo. Tu vois, je t'écoute ! Mais qu'est-ce que tu es allée faire en bas ?

– Je cherchais Jamison, expliqua Kira, et je me suis retrouvée à cet étage. Aussi ai-je été jusqu'à sa porte dans l'idée de jeter un coup d'œil à l'intérieur et de voir comment allait la petite. Mais c'était fermé à clef !

Thomas hocha la tête. Il n'avait pas l'air surpris.

– Mais ils n'ont jamais fermé *ma* porte, Thomas ! dit-elle.

– C'est parce que tu étais déjà une bisyllabe quand tu es arrivée ici. Mais moi, j'étais petit, je m'appelais encore Tom, et ils m'enfermaient.

– Ils te gardaient *prisonnier* ?

Il fronça légèrement les sourcils à ce souvenir.

– Pas vraiment. Je crois que c'était une simple mesure de protection. Et puis ils voulaient m'obliger à être serieux. J'étais très jeune et je n'avais pas envie de travailler tout le temps. (Il sourit.) J'étais un peu comme Matt, je crois. Je ne pensais qu'à m'amuser.

– Étaient-ils durs avec toi ? demanda Kira qui se souvenait du ton de Jamison quand il avait parlé à la petite Jo.

– Sévères, dit-il, après avoir longuement pesé ses mots.

– Mais, Thomas, la petite d'en bas, Jo. Elle pleurait. *Sanglotait.* « Je veux ma mwé, je veux ma mwé », répétait-elle.

– Matt nous a dit que sa mère était morte.

– Apparemment, elle l'ignore.

Thomas essayait de se rappeler les circonstances de sa propre arrivée au Palais.

– Je crois qu'ils m'ont prévenu pour mes parents. Mais peut-être pas tout de suite. C'était il y a bien longtemps. Je me rappelle que quelqu'un m'a amené ici et montré où se trouvaient les choses et comment ça marchait…

– La salle de bains et l'eau chaude, dit Kira avec un petit sourire mi-figue, mi-raisin.

– Oui, ça. Et tous les outils. J'étais déjà sculpteur. Je sculptais depuis longtemps…

–Comme moi qui brodais déjà depuis longtemps. Et comme la petite Jo…

–Oui, dit Thomas, Matt dit qu'elle chante depuis toujours.

Kira lissait les plis de sa jupe. Elle réfléchissait.

–Ainsi, dit-elle lentement, chacun de nous était déjà un… je ne sais pas comment on appelle ça.

–Artiste, suggéra Thomas. C'est un mot. Je ne l'ai jamais entendu prononcer, mais je l'ai vu dans des livres. Cela veut dire, eh bien, une personne capable de créer quelque chose de beau. Serait-ce le mot que tu cherches ?

–Oui, je crois. La petite improvise un chant, et c'est beau.

–Quand elle ne pleure pas, observa Thomas.

–Ainsi nous sommes tous les trois des artistes, nous avons tous les trois perdu nos parents, et ils nous ont tous les trois amenés au Palais. Je me demande bien pourquoi. Il y a encore autre chose, Thomas. Quelque chose d'étrange.

Il écoutait.

–Ce matin, j'ai parlé à Marlena, une femme dont j'avais fait la connaissance à l'atelier de tissage. Elle habite la Fagne, et elle se souvenait de Jo sans même connaître son nom ; elle se souvenait d'une petite qui chantait tout le temps.

–Tout le monde à la Fagne a entendu parler de cette petite.

Kira hocha la tête.

–Bien sûr. Marlena m'a dit… mais comment l'a-t-elle

dit déjà ? (Kira se concentra pour tenter de se rappeler ses paroles exactes.) Ah oui, elle a dit que la petite semblait avoir le don.

– Le don ?

– C'est le mot qu'elle a employé.

– Que voulait-elle dire ?

– Elle a expliqué que la petite semblait savoir des choses qui ne sont même pas encore arrivées. Et que les gens de la Fagne trouvaient ça magique. Elle avait l'air un peu effrayée quand elle parlait de ça. Thomas ?

– Quoi ? demanda-t-il.

Kira hésitait.

– Ça me rappelle ce qui arrive quelquefois avec mon bout de tissu. Ce petit bout de tissu-là.

Kira ouvrit la boîte qu'il avait fabriquée pour elle et lui tendit le morceau d'étoffe.

– Tu te souviens, dit-elle, je t'avais dit que quelquefois il avait l'air de me parler. Et tu m'avais répondu que tu avais un morceau de bois qui se comportait de la même façon.

– C'est vrai. Et ça, depuis que je suis tout petit. J'avais à peine commencé à sculpter à cette époque. Celui qui est sur l'étagère. Je te l'ai déjà montré.

– Tu crois que c'est la même chose ? demanda prudemment Kira. Est-ce que ça pourrait être ce que Marlena a appelé le don ?

Thomas la regarda, puis regarda le bout de tissu qui reposait, inerte, dans le creux de sa main. Son visage se rembrunit.

– Mais où veux-tu en venir ? finit-il par questionner.

Kira ignorait la réponse.

– Peut-être s'agit-il d'une caractéristique propre aux artistes, reprit-elle en savourant le son du mot qu'elle venait juste d'apprendre. Une espèce de connaissance magique, très spéciale.

Thomas haussa les épaules.

– Eh bien, dit-il, quelle importance ! Toi et moi, nous avons une belle vie. Des outils bien meilleurs qu'avant. Une excellente nourriture. Du travail.

– Mais la petite en bas ? Elle n'arrête pas de sangloter. Et ils refusent de la laisser sortir de sa chambre. Thomas, ajouta-t-elle, se rappelant la promesse qu'elle avait faite à l'enfant, je lui ai dit que je reviendrais et que je l'aiderais.

Il avait l'air sceptique.

– Je doute fort que cela plaise beaucoup aux Seigneurs.

Kira se remémora une fois de plus l'intonation sévère qu'elle avait perçue dans la voix de Jamison. Elle se remémora la violence avec laquelle la porte s'était refermée.

– Non, admit-elle, je ne crois pas que cela leur plairait beaucoup. Mais j'irai la nuit. Je me faufilerai en bas, quand ils croiront que nous sommes tous endormis. Sauf que…

Sa figure s'allongea.

– Sauf que quoi ?

– C'est fermé. Il n'y aura pas moyen d'entrer.

– Si, dit Thomas, je connais un moyen.

– Lequel ?

– J'ai une clef, dit-il.

C'était la vérité. De retour dans sa chambre, il lui montra la fameuse clef.

– C'était il y a longtemps, expliqua-t-il. J'étais enfermé ici avec tous ces outils merveilleux, aussi ai-je sculpté une clef. En fait, je n'ai rencontré aucune difficulté. La serrure est très rudimentaire. Et en plus, ajouta-t-il en promenant ses doigts sur la clef de bois délicatement ouvragée, elle s'ajuste à toutes les portes. Les serrures sont toutes identiques. Je le sais parce que je les ai essayées. La nuit, je sortais et je rôdais dans les couloirs. J'ouvrais toutes les portes. À l'époque, toutes les pièces étaient vides.

Kira secoua la tête.

– Eh bien, quel petit brigand tu faisais !

Thomas sourit.

– Je te l'ai déjà dit. J'étais exactement comme Matt.

– Cette nuit, dit Kira, soudain grave, est-ce que tu viendras avec moi ?

– D'accord, acquiesça-t-il. Cette nuit.

16

Le soir vint. Kira était dans la chambre de Thomas. Elle regardait par la fenêtre la sordide misère du village et écoutait l'assourdissante cacophonie qui montait des différents ateliers où les ouvriers achevaient les dernières tâches de la journée. En contrebas du chemin, elle vit le boucher répandre le contenu d'un jerrican d'eau sur le seuil de pierre de son kot – geste absurde puisqu'il n'avait même pas enlevé les immondices qui s'y étaient agglutinées. Plus haut, les femmes sortaient de l'atelier de tissage où elle avait travaillé comme petite main pendant de longues années de son enfance ; elle les suivit des yeux.

Une nouvelle journée de labeur se terminait. La jeune fille se demanda avec un petit sourire si Matt l'avait passée à l'atelier où il était affecté aux corvées de nettoyage. Avec ses copains, il avait dû se fourrer dans les jambes de tout le monde, semer la pagaille et même voler un peu de nourriture dans la gamelle des ouvrières. Pourtant, de son poste d'observation, elle ne distinguait pas la moindre trace du garçon ni de son chien. Elle ne les avait pas vus de toute la journée.

Thomas et elle restèrent là à attendre jusqu'à ce qu'il fît nuit noire et qu'on eût remporté les plateaux du souper. Enfin le silence régna au Palais. Entre-temps, la clameur du village s'était éteinte.

– Thomas, proposa Kira, prends ton petit morceau de bois. Le spécial, tu sais. Moi, j'emporte mon bout de tissu.

– Si tu veux. Mais pourquoi ?

– Je ne sais pas exactement. Une impression comme ça, c'est tout.

Thomas attrapa la petite pièce ouvragée en haut de l'étagère et la fourra dans sa poche. Dans l'autre poche, il y avait la clef en bois.

Ils descendirent ensemble le couloir faiblement éclairé qui menait à l'escalier.

– Chhhh ! murmura Thomas qui marchait en tête.

– Désolée, répondit Kira dans un souffle. Le bâton fait du bruit mais je ne peux pas m'en passer.

– Attends ici.

Ils s'arrêtèrent non loin d'une des torches suspendues au mur. Thomas déchira une bande de tissu dans le bas de son ample chemise et la noua adroitement autour de l'extrémité du bâton de Kira pour amortir le bruit qu'il faisait en heurtant le sol carrelé.

Vite, vite, ils se faufilèrent au bas de l'escalier, puis jusqu'à la porte de la chambre où Jo dormait. Ils s'immobilisèrent et écoutèrent. On n'entendait aucun bruit. Le petit bout de tissu au fond de la poche de Kira n'émettait aucun avertissement. Elle fit signe à Thomas qui introduisit la grande clef dans la serrure, la tourna et ouvrit.

Kira retenait sa respiration car elle craignait qu'un servant, chargé de veiller la nuit sur la petite, ne partageât sa chambre. Mais celle-ci, éclairée par un pâle clair de lune, ne contenait qu'un tout petit lit et, dans ce lit, une toute petite fille, profondément endormie.

– Je vais rester faire le guet près de la porte, chuchota Thomas. Elle te connaît. En tout cas, elle connaît ta voix. Réveille-la.

Kira s'approcha et s'assit sur le bord du lit, son bâton posé près d'elle.

– Jo ? dit-elle d'une voix douce en touchant légèrement la frêle épaule.

La petite tête avec de grands cheveux tout emmêlés se tournait et se retournait fiévreusement sur l'oreiller. Au bout d'un moment, l'enfant ouvrit les yeux. Elle avait l'air à la fois surpris et effrayé.

– Non, non, veux pas, cria-t-elle en repoussant la main de Kira.

– Chut ! murmura celle-ci. C'est moi. Rappelle-toi, nous avons parlé à travers la porte. N'aie pas peur.

– Veux ma mwé, gémit l'enfant.

Elle était très petite. Beaucoup plus petite que Matt. À peine plus grande qu'un bambin qui commence à marcher. Kira, qui l'avait entendue chanter et se souvenait de la puissance de sa voix, s'émerveilla que pareille voix ait pu sortir de cette pauvre petite épave effrayée.

Kira prit l'enfant dans son lit et la berça dans ses bras.

–Chut ! disait-elle, chhhh, tout va bien. Je suis ton amie. Et lui, là-bas, tu le vois ? Il s'appelle Thomas. C'est ton ami aussi.

Peu à peu, la petite se calma. Elle ouvrit tout grands les yeux, fourra son pouce dans sa bouche et dit, sans quitter son pouce :

–T'ai écoutée par le 'tit trou.

–Oui, le trou de serrure. On se racontait tout bas des secrets.

–Tu connais ma mwé ? Tu peux l'amener ici ?

Kira secoua la tête.

–J'ai bien peur que non. Mais moi je serai toujours ici. J'habite juste à l'étage au-dessus. Thomas aussi.

Thomas s'approcha et s'agenouilla près du lit. La petite fixa sur lui des yeux soupçonneux et se cramponna à Kira.

–J'habite juste au-dessus de ta chambre, dit Thomas d'une voix douce en désignant le plafond, et je t'entends.

–Entends mes 'tites chansons ?

Il sourit.

–Tes chants sont très beaux.

La petite eut un regard noir.

–Me font tout l'temps apprendre des nouveaux.

–De nouveaux chants ? demanda Kira.

Jo acquiesça tristement.

–Toujours, toujours. Me forcent à me rappeler tout. Mes vieilles chansons, al sont venues toutes seules. Mais là, ils arrêtent pas de me fourrer des nouvelles choses dans la tête, et cette pauv' tête al fait mal affreux !

Jo passa la main dans sa chevelure emmêlée et poussa un profond soupir qui sonnait étrangement adulte et fit naître un sourire plein de compassion sur les lèvres de Kira.

Thomas parcourait du regard la pièce ; elle était meublée à peu près de la même façon que les pièces de l'étage supérieur. Avec un lit. Une haute commode de bois. Une table et deux chaises.

– Jo, dit-il tout à coup. Est-ce que tu es une bonne grimpeuse ?

Elle fronça les sourcils et sortit son pouce de sa bouche.

– Grimpe des fois aux arbres dans la Fagne. Mais ma mwé al me frappe quand c'est qu'je fais ça. Dit que j'vas casser mes jambes et qu'y vont m'emmener au Champ.

– C'est sans doute la vérité, et ta mère ne voulait pas que tu te fasses du mal.

– Quand les haleurs y t'emmènent au Champ, jamais tu reviens. Les bêtes al t'emportent.

Le pouce revint se glisser dans la petite bouche.

– Regarde, Jo. Si tu pouvais grimper là-haut...

Thomas désignait le sommet de la commode. Les grands yeux de l'enfant suivirent le doigt du garçon. Elle hocha la tête.

– Si tu te tenais très droite et si tu avais un instrument quelconque, tu pourrais frapper le plafond et je t'entendrais.

Cette perspective arracha un sourire à la petite.

– Attention ! Tu ne dois pas faire ça juste pour t'amuser, ajouta rapidement Thomas, mais seulement si tu as vraiment besoin de nous.

– Est-ce que je peux essayer ? demanda Jo d'un ton vibrant.

Kira la reposa par terre. Comme un petit animal agile, elle joua des pieds et des mains pour se hisser sur la table, et, de là, grimpa au sommet de la commode où, triomphante, elle se dressa de toute sa petite taille. De sa chemise de nuit de toile émergeaient deux jambes nues très minces.

– Il nous faut un instrument quelconque, murmura Thomas en regardant à la ronde.

Kira alla droit à la salle de bains. Elle avait une idée. Comme elle l'avait deviné (tous les appartements étaient identiques), une épaisse brosse à cheveux avec un manche en bois était posée sur la tablette près du lavabo.

– Essaye ça, dit-elle en tendant la brosse à la petite chanteuse.

Avec un grand sourire, celle-ci allongea le bras et donna un grand coup sur le plafond avec le manche de bois.

Thomas la prit dans ses bras, la descendit de la commode et la remit au lit.

– Nous sommes donc d'accord, dit-il. Si tu as besoin de nous, Jo, tu fais le signal. Mais ne le fais pas pour t'amuser. Seulement si tu as besoin d'aide.

– Et bien sûr nous viendrons te voir, même si tu ne frappes pas au plafond, ajouta Kira en bordant la petite. Quand les servants seront partis. Tiens, Thomas, tu veux bien la remettre à sa place ? (Elle lui tendait la brosse à cheveux.) Il faut que nous partions,

Jo, reprit-elle. Est-ce que tu te sens mieux, maintenant que tu as des amis là-haut et que tu le sais ?

La petite hocha la tête et glissa son pouce humide dans sa bouche.

Kira lissa la couverture.

– Alors bonne nuit.

Pendant un instant, elle resta assise sur le lit avec le vague sentiment qu'elle avait oublié quelque chose. Quelque chose qu'on lui faisait quand elle était toute petite, comme Jo, et qu'on la mettait au lit.

Intuitivement, elle se pencha sur la petite fille et posa ses lèvres sur son front. Ce n'était pas un geste habituel mais c'était, semblait-il, celui qu'il fallait.

– Un 'tit bisou, chuchota l'enfant. Comme ma mwé.

Elle poussa un petit soupir de satisfaction en posant ses propres lèvres sur la joue de Kira.

Kira et Thomas se séparèrent dans le couloir de l'étage supérieur pour rejoindre leurs chambres respectives. Il était tard, et il fallait qu'ils dorment, car ils devaient travailler dès le matin.

Tandis que Kira se préparait pour la nuit, elle pensa à la petite fille effrayée et solitaire du dessous. Quels chants la forçaient-ils à apprendre ? Pourquoi était-elle toute seule ? D'ordinaire, on confiait à une autre famille les minots orphelins.

C'était toujours la même question. Elle et Thomas en avaient déjà discuté la veille pour en arriver à la conclusion suivante : ils étaient tous les trois artistes, chacun dans leur domaine respectif – le chant, le bois, l'ornement des tissus. Parce qu'ils étaient artistes, ils avaient une certaine valeur qu'elle n'arrivait pas à comprendre. À cause de cette valeur, ils se trouvaient tous les trois au Palais, bien logés, bien nourris et bien soignés. Telle était sans doute la réponse à la fameuse question.

Elle se brossa les cheveux et les dents et se mit au lit. La brise entrait par la fenêtre ouverte. En bas, elle apercevait l'atelier de teinture encore en chantier, avec le jardin des couleurs, la fosse à feu et l'atelier proprement dit. Et, sur sa table de travail, à l'autre bout de la chambre, elle distinguait à travers l'obscurité une forme pliée recouverte d'un tissu protecteur : la Robe du Chanteur.

Kira prit soudain conscience qu'elle n'était pas vraiment libre. Il n'y avait pas de verrou à sa porte, certes, mais son existence était étroitement limitée à ces choses, à ce travail. Sa joie s'en allait – cette joie qui l'avait saisie le jour où les fils à broder aux brillantes couleurs avaient pris vie entre ses doigts, où des motifs originaux s'étaient imposés à elle, où elle avait trouvé son propre style. La Robe, elle, ne lui appartenait pas. Bien sûr, en y travaillant, elle apprenait son histoire ; pendant des jours, elle l'avait eue entre les mains, elle lui avait accordé toute son attention, elle pouvait à présent en raconter toute l'histoire ou presque. Mais ce n'était pas ce que son cœur ou ses mains brûlaient de créer.

Thomas, qui n'était pourtant pas porté à se plaindre, lui avait parlé des maux de tête qui le tourmentaient après une longue journée de travail. La petite chanteuse d'en bas aussi. *Arrêtent pas de me fourrer des nouvelles choses dans la tête*, avait gémi la petite. Elle aurait voulu chanter librement ses propres chansons comme elle l'avait toujours fait jusque-là.

Kira éprouvait le même désir. Elle voulait que ses mains, délivrées de la Robe, retrouvent la liberté de créer des motifs qui leur étaient propres. Elle eut soudain envie de quitter le Palais, en dépit de ses commodités et de ses agréments, pour retrouver l'existence qu'elle avait toujours connue.

Elle enfouit son visage dans les draps et, pour la première fois, s'abandonna au désespoir.

17

– Thomas, j'ai travaillé dur toute la matinée ; toi aussi. Tu ne voudrais pas faire un tour avec moi ? J'ai quelque chose à te montrer.

Il était midi. Ils avaient déjà pris leur repas tous les deux.

– Tu veux qu'on aille voir le chantier ? Je viens avec toi !

Thomas reposa les ciseaux qu'il venait de prendre. Kira admira une fois de plus l'extrême raffinement de son travail sur le bâton massif du Chanteur. Thomas avait aplani toutes les petites aspérités, ultimes traces des anciennes sculptures tout usées, et redonné forme aux minuscules arêtes et bosses. C'était vraiment le même genre de travail que la restauration de la Robe. Dans toute sa partie supérieure, le bâton n'était pas ouvragé ; le bois, non sculpté, était parfaitement lisse. Tout comme l'étoffe, encore intacte à l'emplacement du dos et des épaules. Le travail de Kira avait beaucoup avancé, elle allait bientôt aborder cet espace vierge. Il en était de même pour Thomas, elle venait de le constater.

– Qu'est-ce que tu vas sculpter là ? demanda-t-elle en lui montrant la partie supérieure du bâton.

– Je ne sais pas. Ils ont dit qu'ils me le préciseraient.

Elle le regarda coucher avec soin le bâton en travers de la table.

– À vrai dire, fit-elle, si tu as envie d'aller voir le chantier, je viendrai volontiers avec toi, mais un peu plus tard. J'ai une autre idée en tête. Est-ce que tu veux bien m'accompagner d'abord là où je voudrais aller ?

Thomas, qui était plutôt gentil, accepta.

– Où donc ?

– Dans la Fagne.

Il lui jeta un regard intrigué.

– Ce coin crasseux ? Mais pourquoi veux-tu aller là-bas ?

– Je n'y suis jamais allée, Thomas. Je voudrais voir l'endroit où Jo habitait.

– Matt y habite toujours, rappela-t-il.

– Oui, je sais. Je me demande bien où il est. (La jeune fille était inquiète.) Je ne l'ai pas vu depuis deux jours. Et toi ?

Thomas secoua la tête.

– Peut-être a-t-il trouvé ailleurs de quoi manger, suggéra-t-il en riant.

– Matt pourrait nous montrer la maison de Jo. Peut-être pourrais-je lui rapporter quelque chose. Elle avait peut-être des jouets. T'ont-ils permis d'emmener des choses quand tu es venu ici, Thomas ?

– Non. Seulement mes bouts de bois. Ils ne voulaient pas que je sois distrait.

Kira soupira.

–Elle est si petite. Il faudrait qu'elle ait un jouet. Et si tu lui sculptais une poupée ? Moi, je pourrais lui coudre une petite robe.

Thomas était d'accord.

–Aucun problème, dit-il en tendant à Kira son bâton de marche. Allons, ajouta-t-il. Nous rencontrerons sans doute Matt en chemin. Ou plutôt c'est le contraire.

Ensemble, les deux amis sortirent du Palais, traversèrent le forum et descendirent la ruelle bondée de monde. Devant l'atelier de tissage, Kira fit halte et salua les femmes avant de les questionner au sujet de Matt.

–L'ai pas vu ! Bon débarras ! répondit une des ouvrières. Un galopin bon à rien !

–Quand est-ce que tu reviens, Kira ? demanda une autre. Ton aide nous serait bien utile. Et tu es assez grande à présent pour te mettre au tissage ! Avec ta mère qui n'est plus là, tu dois avoir besoin de travailler !

Alors une autre femme rit à gorge déployée en désignant les nouveaux habits tout propres de Kira.

–Elle a plus besoin de nous !

Les métiers recommencèrent à cliqueter et se remirent en marche. Kira s'en alla.

Tout près, elle entendit un bruit effrayant qui lui était pourtant bizarrement familier. Le fameux grognement sourd. Elle jeta un rapide coup d'œil autour d'elle, s'attendant plus ou moins à voir surgir un chien menaçant ou quelque chose de pire. Mais le bruit provenait d'un groupe de femmes à côté de la boucherie. Elles éclatèrent de rire quand elles surprirent son regard. Vandara se trouvait au milieu d'elles. La femme à la cicatrice lui tournait le dos, et la jeune fille entendit à nouveau le grognement : on aurait dit un être humain imitant une bête.

Kira baissa la tête et passa devant les femmes en boitillant sans prêter attention au rire cruel.

Thomas était parti en avant ; il était déjà loin de la boucherie. Il avait fait halte près d'un groupe de jeunes garçons qui jouaient dans la boue.

– Sais pas, dit l'un d'eux, tandis qu'elle approchait. Donne-me des sous, et ça s'peut que j'le déniche.

– Je les ai questionnés à propos de Matt, expliqua Thomas, mais ils disent qu'ils ne l'ont pas vu.

– Crois-tu qu'il puisse être malade ? demanda Kira, soucieuse. Son nez n'arrête pas de couler. On n'aurait peut-être pas dû le laver. Il était habitué à cette couche de crasse.

Les garçons qui pataugeaient pieds nus dans la boue écoutaient.

– Matt, c'est le roi des costauds, dit l'un. Y tombera jamais malade.

Un autre minot, plus petit, essuya du revers de la main son nez qui coulait sans arrêt.

– Sa mwé qu'al lui a crié dessus. L'ai entendue. Un gros caillou qu'al lui a lancé en plus. Mais y s'est sauvé en riant !

– Quand ? demanda Kira au petit morveux.

– Sais pas… ça s'peut qu'y a deux jours de ça.

– Ouais, intervint un autre. Vu ça aussi. Sa mwé qu'al lui a balancé un gros caillou, cause qu'il a volé d'son manger ! A dit qu'y partait en voyage.

– Il va bien, Kira, ne t'inquiète pas, dit Thomas, tandis qu'ils poursuivaient leur chemin. Il prend mieux soin de lui-même que la plupart des grandes personnes. Ah ! je crois que c'est là qu'on tourne.

Elle le suivit le long d'un sentier étroit qui lui était inconnu. Les huttes y étaient particulièrement serrées les unes contre les autres. Trop proches de la lisière de la forêt, elles ne recevaient jamais le soleil et sentaient l'humidité et la pourriture. Ils arrivèrent au bord d'une rivière à l'odeur nauséabonde et franchirent un antique petit pont de bois très glissant. Thomas lui prit la main et la guida ; le pont était traître, surtout quand on avait une méchante jambe comme elle, et elle avait peur de tomber à l'eau. Non qu'elle fût très profonde, mais elle était obstruée par des ordures.

Sur l'autre berge, au-delà des épais buissons vénéneux de lauriers-roses, si dangereux pour les minots, commençait la région appelée la Fagne. À certains égards, elle ressemblait à l'endroit que Kira avait longtemps appelé la maison : les petits kots serrés les uns contre les autres ; le vagissement continuel des bébés ; la puanteur des feux humides, de la nourriture en train de pourrir, des gens qui ne se lavent pas. Mais ici il faisait plus sombre à cause de l'ombre épaisse des arbres, et l'air humide était vicié par l'odeur de la misère et de la maladie.

– Pourquoi faut-il qu'il existe un endroit aussi horrible ? chuchota Kira à l'oreille de Thomas. Pourquoi faut-il que les gens vivent comme ça ?

– Le monde est comme il est, répondit Thomas. Il en a toujours été ainsi.

Une vision soudaine s'imposa à l'esprit de Kira : la Robe. La Robe racontait comment les choses s'étaient passées depuis le commencement des temps ; et Thomas n'avait pas dit la vérité. Car il y avait eu des époques – ô lointaines, si lointaines – où les existences des gens avaient été vertes et dorées. Pourquoi ces ères bénies ne pourraient-elles plus revenir ? Kira se mit à parler.

– Thomas, suggéra-t-elle, toi et moi ? Eh bien, ne sommes-nous pas les seuls à remplir les pages vierges de l'histoire ? Peut-être avons-nous le pouvoir de changer les choses.

Mais Kira voyait bien, à son air amusé, qu'il était sceptique.

– Que veux-tu dire ?

Il ne comprenait pas. Sans doute ne comprendrait-il jamais.

– Oh rien ! répondit Kira en secouant la tête.

En marchant, ils sentirent le silence les envelopper d'une sinistre chape de plomb. Kira prit conscience de tous les yeux braqués sur eux. Des femmes, debout sur le seuil de leurs kots pleins d'ombre, leur jetaient des regards soupçonneux. Sous le feu de ces regards, Kira longea, clopin-clopant, les misérables huttes en essayant d'éviter les mares jonchées d'ordures. C'était parfaitement absurde, elle le savait, de marcher sans but en ce lieu étranger et hostile.

– Thomas, chuchota-t-elle, il faut demander à quelqu'un.

Il s'arrêta, et elle fit de même. Ils restèrent debout au milieu du sentier sans savoir que faire.

– C'est y quoi qu'vous voulez ? appela une voix rude d'une fenêtre ouverte.

Kira tourna les yeux et vit un lézard vert se faufiler dans la treille de l'appui de fenêtre ; derrière les feuilles mouillées et frémissantes il y avait une femme au visage hâve avec un minot dans les bras ; elle regardait dehors. Il semblait n'y avoir aucun homme à l'horizon. Kira réalisa que les hommes, des haleurs ou des pelleteurs pour la plupart, étaient tous au travail et, se souvenant de la façon dont ils l'avaient empoignée le jour de la distribution des armes, elle éprouva un grand soulagement.

La jeune fille se fraya un chemin à travers le sous-bois épineux et s'approcha de la fenêtre. À travers le carreau elle put distinguer l'intérieur très sombre du kot : il y avait là plusieurs minots, à moitié nus, qui la fixaient de leurs grands yeux mornes et effrayés.

– Je cherche Matt, dit-elle poliment à la femme. Savez-vous où il habite ?

– C'est quoi qu'tu m'donnes pour ça ?

– Donner ? Désolée, lui dit Kira, surprise par la question. Je n'ai rien à donner.

– T'as rien à manger ?

– Non. Je suis désolée.

Kira tendit ses mains : elles étaient vides.

– J'ai une pomme.

Thomas s'approcha et, au grand étonnement de Kira, sortit une pomme rouge de sa poche.

– J'ai gardé la pomme de mon déjeuner, expliqua-t-il à voix basse.

Il offrit le fruit à la femme qui passa son bras décharné par la fenêtre et s'en empara pour y mordre aussitôt, puis tourna le dos.

– Attendez ! dit Kira. Le kot où habite Matt ! Pouvez-vous nous l'indiquer, s'il vous plaît ?

La femme se retourna. Elle avait la bouche pleine.

– Par là-bas, répondit-elle en mastiquant avec bruit.

Le bébé qu'elle tenait dans ses bras saisit la pomme déjà mordue, mais elle repoussa ses petites mains.

– Y a un arbre qu'il est tout fracassé en face.

Kira hocha la tête.

– S'il vous plaît, encore une chose, implora-t-elle. Est-ce que vous savez quelque chose au sujet d'une petite qui s'appelle Jo ?

Le visage de la femme se métamorphosa, mais Kira ne savait comment interpréter son expression. L'espace d'un instant, une lueur de joie avait transfiguré l'aigre petit visage. Mais presque aussitôt cette lueur fit place à un morne désespoir.

– Ah, la petite fille qui chante, murmura la femme d'une voix rauque. Al a été prise. Y l'ont emmenée.

Elle se détourna brusquement pour disparaître à l'intérieur du kot. Ses enfants, agrippés à elle, réclamèrent aussitôt à manger à cor et à cri.

L'arbre tordu se mourait ; il était fendu jusqu'à la racine et pourrissait déjà. Peut-être avait-il un jour porté des fruits. Mais à présent ses branches étaient brisées et pendillaient bizarrement, ponctuées çà et là de feuilles brunes et sèches.

Le petit kot derrière l'arbre avait l'air délabré et à

moitié abandonné. Mais on entendait des voix à l'intérieur : une femme au parler rude et un enfant à la langue acérée qui lui répondait sur un ton rancunier et colère.

Thomas frappa à la porte. Les voix se turent et la porte finit par s'entrouvrir.

– Qui qu'c'est ? demanda abruptement la femme.

– Des amis de Matt, lui dit Thomas. Est-ce qu'il est là ? Il va bien ?

– Qui qu'c'est, mwé ? demanda une voix enfantine.

La femme examinait Kira et Thomas en silence ; elle ne répondit pas. Thomas finit par se décider à interpeller l'enfant.

– Est-ce que Matt est là ?

– Quoi qu'il a fait ? Pourquoi que vous demandez après lui ? questionna la femme, les yeux étincelants de méfiance.

– L'a pris la fuite. Même qu'il a volé de not' manger, intervint un minot dont la tête, surmontée d'une épaisse tignasse, était apparue à côté de la femme.

Et il ouvrit la porte un peu plus grand. Kira, atterrée, regardait l'intérieur du kot. Sur une table, il y avait un pichet renversé dans une flaque de liquide épais où nageaient des insectes. Le minot sur le seuil de la porte se fourra un doigt dans le nez, se gratta de l'autre main et se mit à les fixer. Sa mère toussa d'une toux grasse, puis cracha par terre.

– Sais-tu où il est allé ? demanda Kira qui essayait de ne pas montrer à quel point elle était choquée par la condition de ces gens.

La femme secoua la tête et toussa à nouveau.

– Bon débarras ! dit-elle en refermant la lourde porte de bois, après avoir poussé le minot à l'intérieur.

Thomas et Kira s'en allaient quand ils entendirent la porte s'ouvrir derrière eux.

– Mam'zelle ? Sais où Matt l'est parti, disait la voix du minot.

Il surgit du kot sans prendre garde aux criailleries de sa mère et les rejoignit. De toute évidence, c'était le frère de Matt. Il avait les mêmes yeux brillants et malicieux.

– Tu m'donnes quoi ? finit-il par dire avant de se remettre le doigt dans le nez.

Kira soupira. L'existence dans la Fagne se réduisait manifestement à une succession de trocs. Rien d'étonnant à ce que Matt soit devenu si débrouillard et si avisé en affaires.

– On n'a rien à te donner, expliqua-t-elle au minot.

Il l'examina pour voir ce qu'il pouvait en tirer.

– Et ce truc-là, mam'zelle ? suggéra-t-il en désignant le cou de Kira qui, instinctivement, toucha le lacet de cuir auquel était suspendue la pierre polie.

– Non, dit-elle au minot, arrondissant ses doigts autour de la pierre comme pour mieux la protéger. Elle appartenait à ma mère. Je ne peux pas te la donner.

À sa grande surprise, il hocha la tête comme s'il comprenait.

– Et ça alors ?

Il désignait ses cheveux, et Kira se souvint que ce matin-là, comme très souvent, elle les avait attachés sur la nuque avec un simple lien de cuir sans aucune valeur. Vite, elle le dénoua et le lui tendit.

Le minot s'en empara et le fourra au fond de sa poche, apparemment satisfait de l'échange.

– Not' mwé al a cogné Matt si dur qu'il était tout en sang affreux, alors lui et Vieux-Branch y sont partis en voyage et y vont pas revenir par ici, pas dans la Fagne en tout cas, déclara le minot. Matt il a des amis qui s'occupent ben d'lui et l'cognent *jamais* ! Et en plus y lui donnent du bon manger.

– Et ils lui font prendre des bains, ajouta Thomas avec un petit rire.

Le minot, qui ne connaissait pas le mot « bains », restait là à le regarder fixement.

– Mais il parle de nous ! fit remarquer Kira. Nous sommes les amis dont il parle. (Elle était soucieuse.) S'il essaye de nous retrouver, où donc peut-il être ? Il a quitté le village depuis deux jours et personne ne l'a revu depuis. Il connaissait le chemin de…

Le frère de Matt l'interrompit.

– Vieux-Branch et lui y sont allés d'abord dans un endroit. L'est parti chercher un 'tit cadeau pour ses amis – ça s'rait pas vous, mam'zelle ? Et vous ? ajouta-t-il en levant les yeux sur Thomas.

Ils hochèrent la tête.

– Matt y dit qu'un 'tit cadeau ça rend les personnes comme vous encore plus gentilles.

Kira, exaspérée, poussa un soupir.

– Non, ce n'est pas ça. Un cadeau… Peu importe, ajouta-t-elle, renonçant à son explication. Est-ce que tu sais où il est parti ?

– L'est parti vous chercher du *bleu* !

– Du bleu ? Qu'est-ce que tu veux dire ?

– Sais pas, mam'zelle. Mais Matt il a dit ça. L'a dit qu'ils ont du bleu là-bas et l'est parti en chercher.

La femme réapparut sur le seuil de la porte ouverte et appela d'une voix coléreuse et criarde le minot qui battit aussitôt en retraite à l'intérieur. Thomas et Kira tournèrent les talons et s'en furent retrouver le chemin boueux qui menait au village. Debout sur le seuil de leurs kots, les femmes et les enfants les épiaient toujours en silence ; autour d'eux rôdait toujours le même air humide et malsain.

– Quand Matt a disparu, chuchota Kira, je me suis dit qu'on allait peut-être découvrir qu'il avait été pris lui aussi. Comme Jo.

– S'il avait été pris, suggéra Thomas, nous saurions où il se trouve. Il serait au Palais du Conseil avec nous.

– Et avec Jo, ajouta Kira en hochant la tête. Mais ils l'auraient peut-être enfermé comme elle. Et il aurait horreur de ça.

– Matt trouverait bien un moyen de s'échapper, fit remarquer Thomas. En outre, poursuivit-il en aidant Kira à contourner une mare où flottait un rat mort, ils ne voudraient pas de Matt. Ils ont besoin de nous uniquement parce que nous avons chacun un talent particulier, or Matt n'en a aucun.

Kira pensa au garçon espiègle, à sa générosité, à son rire, à son dévouement pour le petit chien. Elle l'imagina à cet instant précis, là-bas, loin – Dieu sait où ! – en quête d'un cadeau pour ses amis.

– Oh, Thomas, dit-elle, ce n'est pas vrai, du talent,

il en a. Il sait exactement comment nous faire sourire et rire.

En ce terrible lieu, il ne semblait pas y avoir la moindre trace, le moindre souvenir de rire. Tout en se frayant un chemin à travers la sordide misère de l'endroit, la jeune fille évoqua la gaieté contagieuse de Matt. Elle songea aussi à la parfaite limpidité de la voix de Jo ; chacun à leur manière, les deux enfants avaient dû être un petit soleil dans la Fagne. Et voilà que Jo avait été emmenée. Et Matt à son tour avait disparu. Elle se demanda où il avait bien pu aller, seul avec son chien, pour trouver le bleu.

18

Le jour du Grand Rassemblement approchait. C'était sensible dans l'atmosphère du village. Les gens terminaient ce qu'ils avaient commencé et ne se lançaient pas dans de nouvelles entreprises. Kira remarqua qu'à l'atelier de tissage, les étoffes étaient pliées et empilées, mais que les métiers n'avaient pas été renvidés.

Le niveau du bruit avait baissé. On eût dit que les gens, absorbés par leurs préparatifs, refusaient désormais de perdre leur temps à se chamailler.

Certains se lavaient.

Thomas, enfermé dans sa chambre, polissait et repolissait avec le plus grand soin le bâton du Chanteur. Il le nourrissait d'huiles qu'il faisait pénétrer en frottant avec un chiffon doux. Patiné, doré, le bois commençait à prendre de l'éclat et à répandre un doux parfum.

Matt n'était pas revenu. Cela faisait plusieurs jours qu'il avait disparu. La nuit, avant de dormir, Kira prenait le petit tissu qui avait si souvent calmé ses frayeurs et parfois même répondu à ses questions. Elle l'entortillait autour de ses doigts en pensant très fort à Matt ;

elle se représentait le petit garçon rieur et cherchait à découvrir où il pouvait être et s'il était en sécurité. Le bout de tissu la rassurait, la consolait mais ne lui donnait aucune réponse.

Pendant la journée, ils entendaient de temps à autre la voix de Jo, la petite chanteuse. Les pleurs avaient cessé. Le plus souvent ne leur parvenaient que les monotones exercices de chant, les mêmes phrases répétées à l'infini, et puis, quelquefois, comme si on lui avait accordé un moment de liberté, la voix pure s'envolait dans des mélodies lyriques que Kira écoutait religieusement, le souffle coupé.

La nuit, elle se faufilait en bas avec la fameuse clef et allait voir la petite. Jo avait cessé de réclamer sa mère, mais elle s'accrochait à Kira dans l'obscurité. Elles se racontaient toutes les deux de petites histoires et de petites plaisanteries à voix basse. Kira brossait les cheveux de Jo.

– Est-ce que je pourrais cogner le plafond avec la brosse si j'en aurais besoin ? lui rappela-t-elle une nuit en regardant le plafond.

– Oui. Et on viendrait, répondit Kira en caressant la douce joue.

– Veux que je te chante un 'tit chant ? demanda Jo.

– Un jour. Mais pas maintenant, répondit Kira. Il ne faut pas faire de bruit la nuit. Mes visites ici doivent rester un secret.

– Vais inventer une chanson, dit Jo. Et un jour te la chanterai fort affreux.

– D'accord, dit Kira en riant.

– Le Grand Rassemblement, c'est bientôt, lança Jo un autre soir d'un air important.

– Oui, je sais.

– Disent que je serai juste devant.

– Magnifique ! Tu pourras tout voir. Tu pourras voir la Robe du Chanteur. Je suis en train d'y travailler. Elle a de merveilleuses couleurs.

– Quand je serai chanteuse, confia la petite, alors je pourrai recommencer à chanter mes 'tites chansons à moi. Si j'ai bien appris les vieux chants.

Quand Jamison entra dans sa chambre, Kira lui montra que la restauration de la Robe était achevée. Il était manifestement satisfait de son travail. Ensemble, ils étendirent la Robe sur la table, la retournèrent, mettant à plat plis et revers, examinant les points compliqués et les tableaux qu'ils formaient.

– Tu as vraiment fait un excellent travail, Kira, dit-il. Particulièrement ici.

Il désigna un endroit de la Robe qui lui avait donné beaucoup de mal ; c'était un tableau minuscule, certes, comme l'était chaque scène brodée, mais néanmoins d'une grande complexité : il représentait, dans un camaïeu de gris, des édifices très élevés qui s'écroulaient sur fond d'explosions ardentes. Kira avait assorti des orangés et des rouges de différentes nuances et trouvé les divers gris qui convenaient pour la fumée et les bâtiments. Mais broder cette scène lui avait posé des problèmes, incapable qu'elle était d'imaginer l'aspect de ces édifices. Jamais elle n'en avait vu de semblables. Elle ne connaissait que le Palais où elle vivait et travaillait, et il était relativement petit en comparaison. Ceux du tableau, avant de s'effondrer, semblaient s'être élevés dans le ciel à des hauteurs vertigineuses, infiniment plus haut que tous les arbres qu'elle avait jamais vus.

–C'était la partie la plus difficile, dit-elle à Jamison, et la plus compliquée. Si au moins j'en avais su davantage sur les édifices et leur histoire, peut-être que... (Elle était embarrassée.) J'aurais dû écouter plus attentivement le Chant de la Catastrophe chaque année, avoua-t-elle. Quand il commençait, j'étais toujours tellement excitée, et puis mon esprit se mettait à vagabonder, et je n'écoutais plus très bien...

–Tu étais très jeune, lui rappela Jamison, et le Chant est très, très long. Personne ne l'écoute vraiment de bout en bout, surtout pas les minots.

–Cette année, je le ferai ! dit Kira avec élan. Cette année, je lui prêterai une attention particulière car je connais parfaitement tous les épisodes, en particulier celui où les édifices s'écroulent...

Jamison ferma les yeux. La jeune fille vit ses lèvres remuer en silence. Il commença à fredonner, et elle reconnut une mélodie qui revenait souvent dans un des cycles du Chant. Puis il se mit à chanter :

Brûle, ruine du monde,
Fournaise furieuse,
Enfer immonde...

Il ouvrit les yeux.

– La mélodie, expliqua-t-il, se poursuit encore très longtemps après ça. J'ai oublié la suite des paroles mais je crois bien que c'est le cycle du Chant où les édifices s'écroulent. Bien entendu j'écoute le Chant depuis bien plus longtemps que toi.

– Je me demande bien comment fait le Chanteur pour se rappeler tout ça.

L'espace d'un instant, elle songea à l'interroger sur la future chanteuse, la petite prisonnière de la chambre du dessous qu'on obligeait à apprendre l'interminable Chant. Mais elle hésita, et puis ce fut trop tard. Le moment était passé.

– D'abord, il a un guide : le bâton, dit Jamison. En outre, il a commencé à l'apprendre encore minot. C'était il y a très longtemps. Enfin, il ne cesse de répéter. Pendant que tu préparais sa Robe, il préparait le Chant. Ce sont toujours les mêmes mots bien entendu, mais je crois que chaque année il décide de mettre l'accent sur telle ou telle partie. En tout cas, il y travaille pendant toute l'année.

– Où ?

– Il a un appartement spécial dans une autre partie du Palais.

– Je ne l'ai jamais vu sauf le jour du Grand Rassemblement.

– Il vit très isolé.

Ils retournèrent à la Robe et passèrent en revue ses moindres plis et replis pour vérifier que rien n'avait été oublié. Un servant apporta le thé, et ils restèrent tous les deux assis à parler de la Robe, de ses histoires, de l'histoire qu'elle racontait, de l'époque d'avant la Catastrophe. Jamison ferma à nouveau les yeux et récita :

Désastre total,
Bogo Tabal
Timore Toron
Totoo à jamais au fond.

Kira reconnut les vers – parmi ses préférés – bien qu'elle n'en comprît pas le sens. Lorsqu'elle était enfant, leur rythme obsédant l'avait arrachée à l'ennui qui l'accablait souvent pendant l'interminable Chant. *Bogo Tabal*, *Timore Toron*, chantonnait-elle parfois toute seule.

– Que veut dire cette strophe ? demanda-t-elle à Jamison.

– Je crois qu'elle énumère les noms des villes disparues, expliqua-t-il.

– Je me demande bien à quoi elles pouvaient ressembler. *Timore Toron*. J'aime les sons.

– Ça fait partie de ton travail, lui rappela Jamison. Tes broderies nous rappellent justement à quoi elles ressemblaient.

Kira, hochant la tête, passa à nouveau la main sur la Robe et finit par trouver les tragiques villes en ruine avec, dans les interstices, les prairies aux doux coloris verts.

Jamison posa sa tasse sur la table, s'approcha de la fenêtre et regarda en bas.

– Kira, les ouvriers ont terminé. Après le Grand Rassemblement, tu pourras commencer à teindre de nouveaux fils à broder pour la Robe.

En entendant ces mots, Kira, consternée, leva les yeux vers lui dans l'espoir qu'il ne s'agissait que d'une petite plaisanterie. Mais ce n'en était pas une. Il avait une expression grave. La jeune fille s'était imaginé que, une fois la Robe restaurée, elle aurait tout loisir de reprendre ses vieux projets et de réaliser quelques-uns des motifs raffinés qu'elle avait en tête. Quelquefois, ses doigts brûlaient du désir d'y travailler.

– La Robe va-t-elle s'abîmer pendant le Chant au point de nécessiter de nouvelles réparations ? demanda-t-elle à Jamison en essayant de ne pas montrer à quel point elle était affectée.

Elle voulait lui faire plaisir. Il avait toujours été son protecteur. Mais l'idée de continuer éternellement ce travail lui pesait.

– Non, non. (Sa voix était rassurante.) Ta mère a entretenu la Robe pendant des années en y faisant de menues réparations. Et toi, tu viens de la restaurer magnifiquement. Après le Chant, tu n'auras probablement que quelques fils rompus à remplacer ici ou là.

– Ensuite ?

Kira était intriguée.

Jamison tendit le bras et désigna l'espace intact à l'emplacement du dos et des épaules.

– C'est ici que réside le futur, dit-il. Et c'est toi qui nous le dessineras avec tes fils à broder, ajouta-t-il avec des yeux brillants d'excitation.

Elle essaya de lui dissimuler à quel point elle était bouleversée.

– Si vite ? chuchota-t-elle.

Jamison avait déjà fait allusion auparavant à cette tâche considérable. Mais elle pensait qu'elle lui incomberait plus tard, quand elle serait plus âgée, plus habile, plus expérimentée.

– Nous t'avons attendue longtemps, dit-il en la regardant droit dans les yeux, comme s'il la mettait au défi de refuser.

19

La journée commença très tôt. Dès l'aube, de sa chambre pourtant située de l'autre côté du Palais, Kira entendit des bruits avant-coureurs : les gens commençaient à se rassembler. Vite, elle s'habilla, se donna un coup de brosse et courut à la chambre de Thomas qui donnait sur le forum où avaient lieu tous les grands rassemblements.

Il y avait foule comme le jour de la chasse, mais c'était une foule différente – étrangement soumise. Les petits minots eux-mêmes, d'habitude si indisciplinés, attendaient sagement, cramponnés à la main de leur mère. Kira n'avait pas été réveillée par des cris et des bousculades mais par un bruit de pas ininterrompu : les chemins étroits déversaient à flot continu des citoyens qui s'en allaient rejoindre la foule massée aux portes du Palais. Du chemin de la Fagne déferlait une marée humaine silencieuse : des hommes, des femmes et des enfants qu'on ne lâchait pas. De la direction opposée, c'est-à-dire du quartier où Kira avait vécu avec sa mère, il en arrivait d'autres qu'elle reconnaissait, ses anciens voisins. Entre autres, son oncle veuf accompagné de son fils Dan. La petite fille, Mar, n'était pas avec eux. Peut-être l'avait-on donnée à une autre famille.

Les jours ordinaires, les familles étaient dispersées et séparées, les parents au travail, les minots à gambader partout sans surveillance ; mais ce jour-là, les femmes étaient avec leurs hommes, et les minots avec leur famille. Les gens avaient l'air graves et pleins d'attente.

– Où est le bâton ? demanda Kira qui, en vain, parcourait du regard la chambre de Thomas.

– Ils l'ont pris hier.

Kira hocha la tête. La veille, ils avaient aussi emporté la Robe. La jeune fille avait beau être lasse d'y travailler, sa chambre lui avait paru comme désenchantée après son départ.

– Si on descendait ? demanda-t-elle – bien que la perspective de se mêler à la foule ne lui sourît guère.

– Non, ils ont dit qu'ils viendraient nous chercher. J'ai posé la question au servant qui a apporté le petit déjeuner. Regarde ! ajouta Thomas en indiquant une direction. Là-bas, loin derrière. Tu vois, près de l'arbre qui est devant l'atelier de tissage ? Ce ne serait pas la mère de Matt ?

Kira suivit des yeux le doigt de Thomas et aperçut la femme au visage décharné qui les avait regardés d'un œil soupçonneux de son kot sordide. Aujourd'hui, elle était débarbouillée et bien tenue ; elle tenait par la main le minot qui ressemblait tant à Matt. Ils étaient là tous les deux à attendre tranquillement et semblaient former une famille. Mais il n'y avait pas trace du second enfant. Pas trace de Matt. Une vague de chagrin s'abattit sur Kira ; elle eut le sentiment de l'avoir perdu.

Peu à peu, la jeune fille, qui contemplait l'océan des visages sous sa fenêtre, parvint à distinguer, ici et là, des gens qu'elle connaissait : les tisserandes, venues séparément, chacune avec homme et enfants ; le boucher, propre pour une fois, flanqué de son imposante femme et de deux grands fils. Le village tout entier était maintenant rassemblé. Plus personne ne manquait à l'appel, excepté quelques traînards qui se pressaient encore sur les sentiers.

Kira vit que les gens avançaient en traînant les pieds : la foule s'était mise en branle. Elle ondulait comme l'eau d'une rivière qui se rapproche de ses berges au passage d'un tronc d'arbre.

– On a dû ouvrir les portes, dit Thomas en se penchant pour voir.

Ils regardèrent les gens du village entrer dans le Palais, un à un. Enfin, lorsqu'ils eurent presque disparu à l'intérieur – le murmure des voix et le raclement des pieds leur parvenaient désormais du rez-de-chaussée du bâtiment –, un servant apparut sur le seuil de la porte et leur fit signe. Il était l'heure.

À part un rapide coup d'œil par l'entrebâillement d'une porte, un après-midi où elle cherchait Jamison, Kira ne s'était pas approchée de l'auditorium depuis le procès, il y avait des mois de cela. Les circonstances étaient alors tout autres. Quand elle était entrée seule dans la haute salle obscure et avait parcouru l'allée centrale en boitillant, elle était affamée, solitaire, et craignait pour sa vie.

Ce matin-là, elle s'appuyait toujours sur son bâton, certes, mais elle était bien portante, fraîche et nette, et elle n'avait plus peur. Le servant les fit entrer par une porte latérale à la hauteur du premier rang : ils virent que tous les visages étaient tournés vers eux.

Le servant leur indiqua, sur la gauche, juste au-dessous de l'estrade, une rangée de trois chaises en bois. À l'opposé, Kira aperçut une autre rangée de chaises, plus longue. Les membres du Conseil des Seigneurs y étaient déjà assis. Jamison se trouvait parmi eux.

Se rappelant la coutume, elle salua l'objet du Culte dressé sur l'estrade. Puis elle suivit Thomas et ils s'installèrent sur leurs chaises respectives. Un murmure parcourut l'assistance ; Kira, embarrassée, sentit le rouge lui monter au visage. Elle n'aimait pas qu'on la remarque. Elle n'avait pas envie d'être assise au premier rang. Elle se souvenait de la voix moqueuse de l'une des tisserandes quelques jours plus tôt. « Elle n'a plus besoin de nous ! » s'était exclamée la femme.

Ce n'est pas vrai. J'ai besoin de vous tous. Nous avons besoin les uns des autres.

Les yeux fixés sur la salle comble, Kira évoquait en pensée les années d'autrefois, toutes ces années où elle s'était rendue avec sa mère au Grand Rassemblement, comme l'exigeait leur devoir. Elles étaient toujours assises au fond, ne voyaient rien, n'entendaient rien, et Kira devait endurer l'interminable cérémonie ; elle s'ennuyait et s'agitait sur son siège, s'y agenouillant parfois pour tenter d'entrevoir le Chanteur entre les épaules des spectateurs. Katrina, elle, était toujours attentive, et la grondait gentiment quand elle gigotait un peu trop. Mais la journée du Grand Rassemblement était éprouvante pour les minots et le Chant n'en finissait pas.

Quand Kira et Thomas prirent place, les spectateurs qui, en dépit de leur respect, remuaient sur leurs sièges et chuchotaient encore se figèrent aussitôt. Tous attendaient. Enfin, dans un profond silence, le Seigneur des Seigneurs quadrisyllabe, que Kira n'avait pas revu depuis le procès et dont elle n'arrivait jamais à se rappeler le nom (était-ce Barthélemy ?), se leva. Il se dirigea vers l'avant-scène et commença le rituel d'ouverture de la cérémonie.

– Le Grand Rassemblement commence, déclara-t-il. Nous adorons l'Objet, ajouta-t-il en désignant l'autel.

Il s'inclina devant la petite construction de bois en forme de croix et l'assistance entière, respectueuse, fit de même.

– Je présente le Conseil des Seigneurs, dit-il ensuite en saluant d'un signe de tête la rangée des onze hommes parmi lesquels Jamison.

Ils se levèrent d'un bloc. Kira, qui ne pouvait se rappeler si les spectateurs étaient tenus ou non d'applaudir, traversa un bref moment de tension. Une chape de silence était tombée. La foule se tenait coite ; c'est à peine si quelques têtes, ici ou là, semblaient saluer avec respect le Conseil des Seigneurs.

– Je présente pour la première fois le Sculpteur du futur.

Il désigna Thomas qui ne savait quelle attitude adopter.

– Lève-toi, chuchota Kira à voix très basse, sachant, d'intuition, que c'était ce qu'il fallait faire.

Thomas se leva. Mal à l'aise, il se balançait d'un pied sur l'autre. De nouveau, les têtes s'inclinèrent, respectueuses. Il se rassit.

C'était ensuite le tour de Kira, elle le savait, aussi tendit-elle le bras pour prendre son bâton qui était appuyé contre la chaise.

– Je présente pour la première fois la Brodeuse de la Robe, la Dessinatrice du futur, poursuivit le Seigneur des Seigneurs.

Kira se tint aussi droite que possible et répondit aux saluts qu'on lui adressait avant de se rasseoir.

– Je présente pour la première fois la Chanteuse du futur. Un jour, elle portera la Robe.

Les yeux des citoyens se tournèrent tous vers la porte latérale qui venait de s'ouvrir. Deux servants poussèrent Jo vers la chaise inoccupée. La petite, qui portait une robe neuve tout unie et très simple, semblait embarrassée et hésitante, mais ses yeux croisèrent ceux de Kira, qui lui adressa un petit signe d'encouragement. Jo sourit et se hâta de rejoindre sa chaise.

– Ne t'assois pas tout de suite, chuchota Kira. Reste debout et regarde les gens. Sois fière.

Debout, la Chanteuse du futur affronta la foule. Elle se frottait nerveusement la cheville du bout du pied et avait un petit sourire timide, indécis. Très vite il devint assuré et contagieux. Kira vit les gens lui sourire en retour.

– Tu peux t'asseoir, chuchota Kira.

– Attends, dit Jo en agitant la main en direction des spectateurs.

Une vague de rires légers parcourut l'immense foule. Alors Jo se retourna et se hissa sur la chaise.

– Fait un 'tit bonjour à eux, confia-t-elle à Kira.

– Enfin, je présente notre Chanteur, qui porte la Robe, annonça le Seigneur des Seigneurs, une fois le calme rétabli.

Le Chanteur, revêtu de la splendide Robe, fit son entrée par l'autre porte ; il tenait le bâton sculpté dans la main droite. Il y eut un grand ah ! de saisissement dans la salle. Bien entendu les spectateurs voyaient le Chanteur et la Robe tous les ans. Mais, cette année, c'était différent, grâce au travail de restauration de Kira. Tandis que le Chanteur s'avançait vers l'estrade, les plis de la Robe scintillaient à la lueur des torches ; les subtils coloris des scènes représentées rayonnaient. Or, jaune pâle s'intensifiant jusqu'à l'orange éclatant, gamme de rouges allant du rose clair au pourpre sombre, vert aux mille nuances – les multiples couleurs employées dans la broderie aux motifs compliqués racontaient l'histoire du monde et de la Catastrophe qui l'avait frappé. Le Chanteur se retourna pour gravir les quelques marches conduisant à l'estrade, et la jeune fille vit l'espace intact à l'emplacement du dos et des épaules ; la page vierge qu'elle avait pour mission de remplir ; l'avenir qu'elle était chargée de créer.

– Qu'est-ce que c'est que ce bruit ? murmura Thomas.

Kira, qui s'était laissé absorber par sa contemplation avertie de la Robe et de tout ce qu'elle évoquait, n'avait rien remarqué. Mais à présent, elle entendait elle aussi le bruit. C'était un bruit de métal assourdi et intermittent, comme un cliquetis étouffé. Tiens, il était parti. Ah si, là ! Elle l'entendait de nouveau. Une sorte de frottement métallique.

– Je ne sais pas, répondit-elle dans un souffle.

Le Chanteur, maintenant au centre de la scène, s'était retourné après avoir salué l'objet du Culte ; il faisait face au public. Il n'avait pas encore besoin du bâton comme guide, mais il le palpait du bout des doigts comme si c'était un talisman. Son visage était impassible, dénué de toute expression. Il ferma les yeux et inspira profondément.

Le mystérieux son avait disparu. Kira écouta attentivement. Rien. Le sourd frottement métallique s'était tu. Elle regarda Thomas, haussa les épaules et se réinstalla confortablement pour ne plus rien perdre du Chant. Quant à Jo, qui avait fermé elle aussi les yeux, elle formait silencieusement les premiers mots du Chant avec ses lèvres.

Le Chanteur leva un bras. Kira, qui connaissait la Robe par cœur, comprit, avant même qu'il ne l'ait déployée en l'air, qu'il s'agissait de la manche gauche dont la bordure, entièrement brodée à très petits points, décrivait la genèse du monde : la séparation de la terre et de la mer, l'apparition des poissons et des oiseaux.

Elle perçut l'admiration presque religieuse de l'assistance qui voyait la Robe pour la première fois de l'année et se sentit fière de son travail.

Il commença à chanter de sa voix riche et puissante de baryton. Ce n'était pas encore vraiment une mélodie. Le Chant débutait par une psalmodie. Les mélodies venaient ensuite, se rappela Kira ; quelques phrases lyriques très lentes qui prenaient peu à peu leur essor, suivies de phrases plus heurtées au rythme rapide, obsédant. Elles émergeaient lentement, comme le monde. Le Chant commençait par évoquer l'origine du monde, des siècles et des siècles auparavant.

Au commencement…

20

Thomas la poussa du coude et lui fit un petit signe de tête. Kira jeta un coup d'œil et sourit en voyant Jo – si impatiente et remuante quelques instants plus tôt – profondément endormie dans le siège trop grand pour elle.

La matinée était très avancée et le Chant durait déjà depuis plusieurs heures. Dans la vaste salle, nombre de minots devaient somnoler comme la petite Jo.

Kira était étonnée de ne pas être plus lasse et ensommeillée. Pour elle, le Chant était aussi un voyage à travers la forêt des dessins. Au fur et à mesure que le Chanteur présentait les scènes qui illustraient le Chant sur la Robe, elle se rappelait chacune d'elles, les jours où elle y avait travaillé, ses recherches dans la collection d'Annabella pour trouver les nuances exactes... En dépit de son attention, son esprit vagabond revenait de temps à autre à la tâche angoissante qui l'attendait. Les fils à broder d'Annabella arrivaient à épuisement ; la vieille femme elle-même avait disparu. Dès lors, il ne restait plus à la jeune fille qu'à se confier obstinément à sa mémoire et à fabriquer seule les teintures. Thomas, qui avait tout noté, lui faisait réciter sans fin les leçons d'Annabella.

Kira, qui n'en avait soufflé mot à personne, pas même à Thomas, venait de découvrir, à sa stupéfaction, qu'elle savait lire la plupart des mots. Un jour, en suivant le doigt du garçon sur la page, elle avait remarqué que *garance* et *guède* commençaient de la même façon, par une courbe descendante qui s'infléchissait vers la gauche, et se terminaient aussi de la même façon, par une petite boucle qui, arrivée en bas, tournait vers la droite. C'était comme un jeu d'essayer de deviner à quels sons correspondaient les différents signes (quelquefois, avait noté Kira, ils étaient bizarrement muets, comme la petite boucle à la fin de *garance* et de *guède*). Un jeu interdit bien sûr. Reste que la jeune fille s'était plus d'une fois surprise, quand Thomas ne regardait pas, à tenter de résoudre l'une ou l'autre énigme, et que les énigmes lui livraient peu à peu leurs secrets.

Le Chanteur venait d'aborder un cycle paisible – de ces cycles qui succèdent souvent, dans l'histoire du monde, aux grandes catastrophes cosmiques, ici, en l'occurrence, la catastrophe glaciaire. La glace avait englouti tous les villages, comme le montraient les nappes de glace blanches et grises brodées sur la Robe à tout petits points, si petits qu'elles semblaient dénuées de texture et taillées dans une lumière surnaturelle. Kira n'avait presque jamais vu de neige sauf quelquefois, pendant les mois les plus froids, quand elle tombait sur le village, cassait les branches des arbres, et que la rivière gelait près des berges. Mais elle s'était rappelé le terrifiant pouvoir destructeur de la neige et de la glace quand elle avait travaillé à ce tableau. Ah, comme elle s'était sentie heureuse quand le vert avait réapparu aux frontières de la catastrophe glaciaire, annonçant une ère tranquille et féconde !

Imperceptiblement, le Chanteur était passé au chant paisible et mélodieux qui répondait aux broderies vertes de la Robe – et quel soulagement ce fut au sortir des régions de glace et de mort où sa voix sombre et rauque avait entraîné l'assistance.

Thomas se pencha et lui donna un nouveau petit coup de coude. Elle jeta un regard sur Jo, mais la petite n'avait pas bougé.

– Regarde un peu au bout de la travée de droite, murmura Thomas.

Elle regarda mais ne vit rien.

– Regarde encore.

Le Chant se poursuivait. Kira scruta attentivement la travée en question. Et soudain, elle vit : quelque chose qui se déplaçait comme une ombre furtive, lentement, s'arrêtait de temps à autre, attendait ; s'avançait à nouveau.

Les têtes des spectateurs l'empêchèrent, à un moment, de voir. Elle se pencha légèrement sur la droite dans l'espoir d'apercevoir à nouveau la petite ombre sans éveiller les soupçons du Conseil des Seigneurs. Quelque chose d'anormal était en train de se passer ; il fallait absolument qu'ils l'ignorent. Elle leur jeta un petit regard en coin. Tout allait bien. Ils n'avaient d'yeux et d'oreilles que pour le Chanteur.

La chose remua à nouveau dans l'ombre. Cette fois, Kira vit que c'était un humain, un petit être humain, à quatre pattes comme une bête à l'affût. Elle vit aussi que les gens assis au bout des rangées de bancs commençaient à le remarquer, même s'ils gardaient les yeux fixés sur l'estrade. Il y eut une petite onde d'agitation : des épaules qui se tournaient légèrement, de rapides coups d'œil, des expressions de surprise. Le petit être humain s'avança encore un peu, toujours à pas de loup : centimètre par centimètre, il se rapprocha de la première rangée.

Plus il progressait, plus il était facile à Kira de l'observer sans avoir à changer de position ; en effet, sa chaise, placée sur le côté de l'estrade, regardait le public. Quand le petit brigand eut atteint l'extrémité gauche de la première rangée, il s'arrêta, s'installa par terre et regarda droit devant lui, dans la direction de l'estrade, où se trouvaient Kira, Jo et Thomas, avec un petit sourire tordu. Le cœur de la jeune fille bondit.

– Matt !

N'osant parler à voix haute, elle avait formé le mot avec ses lèvres.

Il agita la main.

Après avoir remonté ses doigts, centimètre par centimètre, le long du bâton pour trouver ses repères, le Chanteur reprenait son Chant.

Avec le même petit sourire tordu, Matt ouvrit une main pour montrer Dieu sait quoi à Kira. Mais la pièce était si faiblement éclairée qu'elle ne parvint pas à distinguer ce qu'il brandissait triomphalement entre le pouce et l'index. Elle secoua légèrement la tête pour lui faire comprendre qu'elle ne voyait pas de quoi il s'agissait. Puis, se sentant coupable de relâcher ainsi son attention, elle se tourna pour fixer de nouveau ses yeux sur le Chanteur. La pause de midi, elle le savait, était toute proche. Elle trouverait bien alors le moyen de rejoindre le minot et d'examiner, voire d'admirer, ce qu'il avait apporté.

Le Chanteur avait attaqué la sereine mélodie des somptueuses fêtes de la moisson. C'était un cycle qui coïncidait justement avec ses propres sentiments : le soulagement et la joie légère qui la soulevaient, maintenant qu'elle savait Matt de retour, sain et sauf.

Mais lorsqu'elle tourna les yeux vers lui, il avait disparu comme par enchantement, et la travée était vide.

– Est-ce que la petite peut prendre son repas avec nous ?

C'était l'entracte de la mi-journée – un long temps d'arrêt destiné à restaurer les forces. Après réflexion, le servant acquiesça. Kira et Thomas, en compagnie de Jo, qui bâillait, sortirent par la porte latérale qu'ils avaient déjà empruntée à l'aller, montèrent dans la chambre de Kira et attendirent le déjeuner. Dehors, sur le forum, les gens devaient déballer les provisions qu'ils avaient apportées et parler du Chant, notamment du cycle qui allait suivre – un épisode de guerre, de haine et de mort. Kira se souvenait : les éclaboussures de sang brillant, brodées avec du fil pourpre. Mais elle chassa provisoirement ces pensées de son esprit.

Tandis que Thomas et Jo attaquaient le généreux repas qui avait fait son apparition sur un plateau, la jeune fille traversa en toute hâte le couloir pour entrer chez Thomas, se pencher à la fenêtre et promener ses regards sur la foule, en quête d'un minot à la figure crasseuse et d'un chien à la queue tordue.

La quête se révéla inutile. Le garçon et le chien l'attendaient dans sa chambre.

– Matt ! s'écria Kira qui se débarrassa de son bâton, s'assit sur le lit et serra le minot dans ses bras.

Branch gambadait à ses pieds, donnant de petits coups de nez et de langue frénétiques qui lui mouillaient les chevilles.

– Fait un long long affreux voyage, dit Matt fièrement.

Elle renifla et sourit.

– Et tu ne t'es jamais lavé, pas *une seule fois*, pendant tout ce temps.

– On avait pas l'temps d'se laver, répondit-il d'un ton moqueur, avant d'ajouter, les yeux brillants d'excitation : Apporté un 'tit cadeau pour toi.

– Qu'est-ce que tu tenais en l'air au Grand Rassemblement ? Je n'ai pas réussi à voir.

– Apporté deux choses pour toi. Une grande et une 'tite. La grande al est pas 'core là. Mais la 'tite al est ici, dans ma 'tite poche.

Il fourra une main au fond de sa poche et en sortit une poignée de noix et une sauterelle morte.

– Nnan. C'est l'aut' poche.

Matt déposa la sauterelle par terre pour Branch, et

celui-ci l'attrapa avec les dents et la croqua avec un petit bruit craquant qui fit frémir Kira. Les noix roulèrent sous le lit. Matt plongea sa main dans l'autre poche et en ramena quelque chose qu'il brandit avec un air de triomphe.

– Ah, le voilà !

Non sans curiosité, elle prit l'objet qu'il lui tendait, un petit tissu plié, et en ôta les débris de feuilles mortes et les saletés qui y étaient restés accrochés. Puis, devant le petit garçon dont le visage resplendissait de bonheur et de fierté, elle le déplia et le regarda à la lumière du jour. C'était bien un carré d'étoffe sale et chiffonné. Rien de plus. Mais ce rien était tout.

– Matt ! dit Kira qui, très impressionnée, avait instinctivement baissé la voix. Tu as trouvé le bleu !

Il rayonnait.

– L'était où qu'al avait dit.

– Qui ça, elle ?

– Mais tu sais bien, elle. La vieille femme qu'al faisait les couleurs. Y a du bleu là-bas qu'al avait dit.

Dans son excitation, Matt n'arrêtait pas de se tortiller.

– Annabella ? Oui, je me souviens, c'est vrai, elle a dit ça.

Kira posa le petit morceau d'étoffe uni sur la table pour le défroisser avant de l'examiner. Il était d'un bleu profond, somptueux. La couleur du ciel, la couleur de la paix.

– Mais comment as-tu trouvé où c'était, Matt ? Comment as-tu trouvé la bonne direction ?

Il haussa les épaules.

– M'ai rappelé qu'al avait montré du doigt un point, dit-il avec un sourire espiègle. Ai suivi le point où qu'il allait, c'est tout. Y avait un chemin. Mais c'était loin loin affreux.

– Et dangereux, Matt ! Le chemin passe à travers bois.

– Y a point d'choses qu'al font peur dans les bois.

Y a point de bêtes, avait dit Annabella.

– Vieux-Branch et moi, on a marché des jours et des jours. Branch, l'a mangé des insectes. Et moi, j'avais mon manger, j'l'avais chipé...

– À ta mère.

Le garçon acquiesça d'un signe de tête. Il avait un petit air coupable.

– Mais c'était point assez. Après qu'j'ai eu tout fini, mangé des noix, que des noix. Mais j'aurais pu manger des 'tits insectes si y avait eu qu'ça, ajouta-t-il en fanfaronnant.

Kira, qui lissait toujours le petit morceau de tissu, n'écoutait son histoire que d'une oreille. Elle avait tellement langui après le bleu. Et voilà que ce bleu tant désiré était là, entre ses mains.

– Et quand j'ai arrivé à c'te place, ces gens là-bas y m'ont donné à manger. D'la nourriture ils en ont plein, plein.

– Par contre, ils ne t'ont pas donné de bain, taquina Kira.

Matt gratta son genou crasseux avec beaucoup de dignité et fit semblant de n'avoir pas entendu.

– Les gens ils étaient étonnés affreux d'me voir arriver. Mais y m'ont donné plein de nourriture. Pour Vieux-Branch aussi. Ils aimaient bien Vieux-Branch.

Kira regarda le chien, maintenant endormi à ses pieds, et le tapota affectueusement du bout de sa sandale.

– Bien sûr qu'ils l'aimaient bien ! Tout le monde l'aime. Mais, Matt…

– Quoi ?

– Qui sont ces gens ? Les gens qui ont le bleu ?

Il souleva ses petites épaules maigres et fronça les sourcils comme pour exprimer son ignorance.

– Sais pas, dit-il. C'est des gens tout cassés, ces gens-là. Mais y a plein à manger chez eux. Et c'est comme qui dirait tranquille et gentil par là-bas.

– Qu'est-ce que tu veux dire par cassés ?

Il désigna la jambe torse de la jeune fille.

– Des comme toi. Qui marchent pas bien. Ou qui sont cassés aut' part. Pas tous. Mais plein. Tu crois qu'ça les rend tranquilles et gentils d'être cassés ?

Intriguée par sa description, Kira ne répondit pas. *La douleur rend fort*, lui avait toujours répété Katrina. Jamais elle n'avait dit *tranquille* ou *gentil*.

– Toute façon, continua Matt, ils ont du bleu, sûr que c'est certain.

– Sûr que c'est certain, répéta Kira.

– Et man'nant, c'est moi que t'aimes le mieux, hein ?

Il fit son petit sourire tordu, et elle rit, l'assurant qu'elle l'aimait plus que tout.

Matt s'écarta brusquement d'elle pour s'approcher

de la fenêtre. Puis, se hissant sur la pointe des pieds avant de se pencher au-dehors, il scruta attentivement le forum.

La foule était toujours là, mais ses yeux semblaient chercher quelque chose ou quelqu'un bien au-delà. Il fronçait les sourcils.

– Tu aimes le bleu ? demanda-t-il.

– Matt, dit-elle avec un accent de passion, je n'aime pas, j'adore le bleu. Merci.

– Ça, c'est le 'tit cadeau. Le gros, il arrive bientôt, précisa-t-il en continuant à guetter par la fenêtre. Mais pas 'core.

Il se tourna vers elle.

– T'aurais pas à manger des fois ? demanda-t-il. Et si j'me lave ?

Ils laissèrent Matt et Branch dans la chambre de Thomas lorsqu'on les rappela tous les trois dans l'auditorium pour la seconde partie du récital. Cette fois, ils firent l'économie de toutes les cérémonies du matin. Le Seigneur des Seigneurs n'avait plus besoin de les présenter aux citoyens.

En revanche, le Chanteur, qui semblait bien reposé, fit à nouveau une entrée solennelle dans la haute salle. Tandis qu'il se tenait debout au pied de l'estrade, l'assistance l'applaudit, rendant ainsi hommage à son exceptionnelle prestation du matin. Il avait la même expression. Elle n'avait pas changé depuis le début de la journée. Il n'arborait pas de fier sourire. Il se contentait de fixer des yeux intenses sur le peuple dont il chantait l'histoire – une histoire de révolutions, d'échecs, d'erreurs, mais aussi de tentatives toujours nouvelles et d'espoirs sans cesse recommencés. Kira et Thomas applaudirent également, et Jo, qui les imitait en tout, battit des mains avec enthousiasme.

Le Chanteur, qui tournait maintenant le dos à la foule, gravissait les marches de l'estrade sous un tonnerre d'ovations. Kira jeta un coup d'œil à Thomas. Il avait entendu lui aussi ; il avait perçu à travers les acclamations le bruit assourdi d'un métal qui frotte. Le bruit qu'ils avaient déjà remarqué le matin avant que le Chant ne commence.

La jeune fille, intriguée, regarda autour d'elle. Personne ne semblait avoir remarqué le bruit sourd mais si soudain. Les citoyens n'avaient d'yeux que pour le Chanteur qui inspirait profondément avant de chanter. Il alla se placer au centre de la scène, ferma les yeux et promena ses doigts sur le bâton, à la recherche de ses repères. Il chancelait légèrement.

Là ! Le bruit ! Elle l'avait à nouveau entendu. Alors, presque par hasard, l'espace d'un éclair, elle vit et comprit d'un seul coup, avec un sentiment d'horreur et d'effroi, à quoi correspondait ce bruit. Enfin, ce fut le silence. Et le Chant commença.

21

– Mais qu'est-ce qui ne va pas, Kira ? Dis-le-moi.

Thomas grimpait l'escalier à sa poursuite.

La cérémonie était enfin achevée. Les servants avaient emmené Jo, une Jo toute réjouie qui avait eu son petit moment de triomphe.

À la fin du long après-midi, au moment où l'assistance, debout, reprend en chœur le magnifique « Amen, qu'il en soit ainsi » qui conclut toujours le Chant, le Chanteur en personne avait fait signe à petite Jo. Pendant ces interminables heures, l'enfant s'était agitée quand elle n'avait pas somnolé, mais elle levait maintenant sur lui de grands yeux ardents : l'invitait-il vraiment à le rejoindre sur scène ? Lorsqu'elle en fut certaine, elle dégringola de son siège et se précipita sur l'estrade avec enthousiasme. Et là, debout à ses côtés, rayonnante de plaisir, elle agita son petit bras en l'air, tandis que la foule conquise, enfin affranchie des contraintes du protocole, sifflait et tapait des pieds.

Kira, immobile et silencieuse, regardait sans regarder ; elle était atterrée par ce qu'elle venait de comprendre, accablée d'un noir chagrin, envahie par la peur.

Elle gravissait péniblement l'escalier avec cet effroi et cette sombre tristesse au cœur quand Thomas la pressa d'expliquer ce qui n'allait pas. Elle inspira profondément et se prépara à lui faire part de sa découverte.

Mais elle n'en eut pas le temps. Ils étaient à peine arrivés au sommet de l'escalier qu'ils aperçurent Matt dans le couloir, devant la porte de Kira. Il arborait un grand sourire et, dans son impatience, dansait d'un pied sur l'autre.

– L'est ici ! s'écria-t-il. Le gros 'tit cadeau !

Kira entra dans sa chambre mais, sitôt le seuil franchi, elle s'arrêta net. Un étranger, manifestement épuisé, était assis ou plutôt écroulé sur sa chaise. Elle le fixa avec curiosité. Il devait être assez grand à en juger par la longueur de ses jambes. Ses cheveux commençaient à grisonner, mais il n'était pas vieux – un trisyllabe sans doute, décida-t-elle, comme si le fait de le classer dans une catégorie quelconque pouvait expliquer sa présence. Oui, un trisyllabe, à peu près de l'âge de Jamison. Ou plutôt de l'âge de mon oncle, trancha la jeune fille.

Elle donna un petit coup de coude à Thomas.

– Regarde, souffla-t-elle en désignant l'ample chemise de l'homme, elle est *bleue*.

L'inconnu se leva et se tourna vers elle en entendant sa voix, sans cesse recouverte par les exclamations de Matt qui arrivait à grand-peine à contenir son excitation. Quand elle était entrée, il ne s'était pas levé. Elle s'en était un peu étonnée. N'était-ce pas le geste que l'on attendait de n'importe quel étranger, fût-ce le plus dépourvu d'égards, voire le plus hostile ? Or cet homme semblait à la fois amical et courtois. Un léger sourire flottait sur ses lèvres. Elle ne s'étonnait plus à présent car, à son grand désarroi, elle voyait bien qu'il était aveugle. Il avait le visage très abîmé, non seulement couturé de cicatrices mais largement entaillé au niveau du front et sur toute la longueur d'une joue, et les yeux opaques. Elle avait, certes, entendu parler de gens qui avaient perdu la vue dans un accident ou lors d'une maladie, mais elle n'en avait encore jamais rencontré. C'est que les personnes mutilées ne valaient rien ; on les emmenait systématiquement au Champ.

Comment se faisait-il que cet homme privé de vue fût encore en vie ? Où Matt l'avait-il trouvé ? Et pourquoi était-il ici ?

Matt était toujours à caracoler d'impatience.

– L'ai conduit, annonça-t-il joyeusement en touchant la main de l'homme comme pour lui demander de confirmer ses paroles. Vous ai conduit, hein ?

– Oui, tu m'as conduit ici, répondit-il d'un ton affectueux. Tu as été un merveilleux guide pendant presque toute la route.

– L'ai conduit tout l'chemin depuis là-bas, reprit Matt en se tournant vers Thomas et Kira. Et puis, à la fin, l'a voulu trouver son chemin tout seul. Lui ai dit qu'y pouvait garder Vieux-Branch avec lui pour qu'y l'aide, mais non, voulait faire la route tout seul. Alors y m'a donné le bout de tissu bleu pour le premier 'tit cadeau, tu vois, là ?

Matt tira sur la chemise bleue et montra à Kira, dans le dos, en bas, l'endroit déchiré d'où provenait le bout de tissu.

– Je suis désolée, dit poliment Kira qui se sentait hésitante et maladroite en sa présence. Votre chemise est abîmée.

– J'en ai d'autres, dit l'homme avec un sourire. Il désirait tellement te montrer le cadeau. Et moi, je res sentais vraiment le besoin de trouver mon chemin tout seul. J'ai vécu ici autrefois, mais il y a longtemps, très longtemps.

– Regarde ! interrompit Matt.

On aurait dit un bambin ou un jeune chien excité bousculant tout sur son passage. Il prit un sac par terre, au pied de la chaise, et en desserra la cordelière pour l'ouvrir.

– Faudra d'l'eau, dit-il, en montrant plusieurs plantes flétries qu'il avait sorties du sac avec précaution, mais al se portent bien, ces plantes. Vont s'requinquer quand on leur donnera une 'tite boisson. Mais jamais vous devinerez quoi, ajouta-t-il en se tournant de nouveau vers l'aveugle et en le tirant par la manche pour s'assurer qu'il écoutait bien.

– Quoi ?

L'homme semblait amusé.

– Al a d'l'eau juste ici ! Vous croyez p'têtre qu'on doit amener ces plantes à la rivière ! Mais juste ici, si j'ouvre c'te porte, al a d'l'eau qu'éclabousse partout !

Il bondit vers la porte et l'ouvrit.

– Alors prends les plantes, Matt, suggéra l'homme, et donne-leur à boire.

Il se tourna vers Kira, et elle en conclut qu'il pouvait percevoir sa présence dans les ténèbres.

– On t'a apporté la guède, expliqua-t-il. C'est la plante que les gens de mon village utilisent pour fabriquer la teinture bleue.

– Votre magnifique chemise, murmura-t-elle – et elle sourit.

– Matt m'a dit qu'elle était de la même couleur que le ciel, un matin ensoleillé du début de l'été.

Kira acquiesça.

- Oui, c'est exactement ça !

– À peu près la couleur d'un volubilis grimpant en fleur, dit l'homme.

– Oui, c'est vrai ! Mais comment..

– Je n'ai pas toujours été aveugle. Je me rappelle toutes ces choses.

Ils entendirent alors l'eau couler bruyamment dans la pièce voisine.

– Matt, ne les noie pas, s'écria l'homme. N'oublie pas que le voyage est très long !

– Bien entendu, ajouta-t-il en se tournant vers Kira, je t'en apporterais très volontiers d'autres, mais je crois que tu n'en auras pas besoin.

– S'il vous plaît, dit Kira, asseyez-vous. Nous allons faire monter un repas pour vous. C'est d'ailleurs l'heure de souper.

En dépit de la confusion où elle se trouvait, la jeune fille essayait de se rappeler les règles de base de la courtoisie. L'homme lui avait apporté un présent d'une valeur inestimable. Pourquoi ? Elle n'en avait pas la moindre idée. Et comment avait-il pu venir de si loin sans yeux et sans autre guide qu'un petit garçon vif et gai et un chien à la queue tordue ? C'était tout aussi inconcevable.

Et à la fin du voyage, quand Matt avait filé en avant avec son précieux lambeau bleu, l'homme aveugle avait marché seul. Comment était-ce possible ?

– Je vais appeler les servants et leur en dire un mot, fit Thomas.

L'homme eut l'air effrayé et angoissé.

– Qui est-ce ? demanda-t-il, entendant la voix de Thomas pour la première fois.

– Ma chambre est de l'autre côté du couloir, un peu plus bas, expliqua Thomas. C'est moi qui ai sculpté le bâton du Chanteur, pendant que Kira s'occupait de la Robe. Mais peut-être ignorez-vous tout du Grand Rassemblement ; il vient de se terminer, et c'est vraiment impor…

– Je suis au courant, dit l'homme. Je sais tout ce qu'il faut savoir à ce sujet. Mais je vous en prie, ajouta-t-il d'un ton ferme, ne faites pas monter de repas. Personne ne doit savoir que je suis ici.

Matt émergea aussitôt de la salle de bains :

– Manger ?

– Je ferai monter nos plateaux dans ma chambre, et personne n'en saura rien, proposa Thomas. Nous partagerons le repas. C'est toujours surabondant.

Kira acquiesça d'un signe de tête, et Thomas quitta la chambre pour convoquer les servants. Matt bondit à sa suite, excité à la perspective de manger.

La jeune fille se retrouva seule avec l'étranger à la chemise bleue. À en juger par son attitude, il devait être très fatigué. Elle s'assit sur le bord du lit, juste en face de lui, réfléchissant à ce qu'il fallait lui dire, aux questions qu'il fallait lui poser.

– Matt est un très gentil garçon, dit-elle après un moment de silence, mais il est si agité parfois qu'il oublie des choses très importantes. Il ne vous a pas dit mon nom. Je m'appelle Kira.

L'aveugle hocha la tête.

– Je sais. Il m'a tout dit sur toi.

Elle attendit un peu avant de rompre le silence :

– Il ne m'a pas dit qui vous étiez.

L'homme aux yeux éteints regarda fixement la pièce ; en réalité, il regardait au loin, bien au-delà du lit où était assise Kira. Il se mit à parler, hésita, reprit haleine, s'arrêta à nouveau.

– Il commence à faire noir, finit-il par dire. Je suis devant la fenêtre, et je perçois le changement de lumière.

– Oui.

– C'est ainsi que j'ai pu trouver mon chemin, après que Matt m'a laissé à l'entrée du village. Nous avions projeté d'attendre et d'arriver le soir, à la faveur de l'obscurité. Mais comme il n'y avait personne aux alentours, nous avons pu pénétrer dans le village avant la tombée de la nuit. Matt s'était rendu compte que c'était le jour du Grand Rassemblement.

– Oui, répondit Kira. La cérémonie commence très tôt le matin.

Il ne va pas répondre à ma question, pensait-elle.

– Je me souviens des Grands Rassemblements. Je me souvenais aussi du chemin. Bien sûr, les arbres ont poussé. Mais je sentais les ombres ; je sentais la manière dont tombait la lumière. C'est grâce à ça que j'ai réussi à ne jamais quitter le chemin.

Il grimaça un sourire.

– Et j'ai reconnu à son odeur la cabane du boucher.

Kira rit sous cape.

– Quand je suis passé près de l'atelier de tissage, j'ai identifié à leur odeur les piles d'étoffes pliées, et même le bois des métiers. Si les femmes avaient été au travail, j'aurais reconnu les différents bruits.

Faisant claquer sa langue contre son palais, il reproduisit le clic-clac assourdi et monotone de la navette, puis le chuintement des fils qui se changent en tissu.

– Je suis donc arrivé ici tout seul. Matt est venu à ma rencontre, et m'a emmené dans cette chambre.

– Mais pourquoi ? demanda-t-elle au bout d'un moment.

Il ne répondit pas. Elle l'observait. Il se toucha le visage, fit courir sa main sur ses cicatrices, s'arrêtant sur leurs reliefs, suivit du doigt la longue entaille qui allait de sa joue à son cou. Enfin, il glissa la main à l'intérieur de sa chemise bleue et en sortit le lacet de cuir passé autour de son cou. Alors, dans le creux de sa main, elle vit une demi-pierre polie qui était l'exacte jumelle de la sienne.

– Kira, dit-il, je m'appelle Christopher et je suis ton père.

Ces mots étaient bien inutiles à présent, car elle avait compris. Bouleversée, elle fixa ses yeux détruits mais toujours capables de pleurer.

22

Le père de Kira dormait à présent dans la cachette secrète où Matt l'avait conduit. Mais, avant de quitter Kira pour la nuit, il lui avait raconté son histoire. Et voici cette histoire.

– Non, dit-il en réponse à ses premières questions, ce n'étaient pas des bêtes, c'étaient des hommes. Il n'y a pas de bêtes là-bas, ajouta-t-il d'une voix aussi assurée que celle d'Annabella. *Y a point de bêtes*.

– Mais… interrompit Kira, désireuse de lui répéter les paroles de Jamison.

J'ai vu votre père emporté par les bêtes, avait dit Jamison.

Se ravisant, elle s'arrêta net.

– Bien entendu, reprit Christopher, il y a des animaux sauvages dans la forêt. On les chassait pour avoir du gibier. On le fait toujours. Des cerfs, des écureuils, des lapins. (Il soupira.) Ce jour-là, c'était une grande chasse. Les hommes s'étaient rassemblés pour la distribution des armes. J'avais un épieu et un sac de vivres. Katrina m'avait préparé de quoi manger. Elle le faisait toujours.

– Oui, je sais, murmura Kira.

On aurait dit qu'il n'entendait pas. Les yeux vides, il semblait regarder loin dans le passé.

– Elle attendait un enfant, dit-il en souriant.

D'un geste, il décrivit une courbe imaginaire au-dessus de son ventre. Comme dans un rêve, Kira, redevenue toute petite, eut l'impression de se lover à l'intérieur de la courbe tracée par la main de son père, à l'intérieur du souvenir de sa mère.

– Nous sommes partis comme à l'accoutumée ; d'abord ensemble, par groupes, ensuite, par deux, et même, à l'occasion, seuls, quand il nous arrivait de nous enfoncer plus profond dans la forêt pour y suivre quelque piste.

– Avais-tu peur ? demanda Kira.

Il quitta le rythme lent et mesuré du voyage à travers la mémoire et sourit :

– Non, non. Je ne courais aucun danger. J'étais un chasseur accompli. L'un des meilleurs. Je n'avais jamais peur dans la forêt. (Il plissa le front.) Mais j'aurais dû être plus prudent. Je savais que j'avais des ennemis. Jalousies, rivalités, il n'y avait que ça. C'était un véritable mode de vie ici. Il en est peut-être encore ainsi.

Kira fit un signe de tête et s'avisa alors qu'il ne pouvait le voir.

– Oui, dit-elle, il en est toujours ainsi.

– Je devais être nommé sous peu membre du Conseil des Seigneurs, poursuivit-il. C'était une charge importante qui conférait beaucoup de pouvoir. D'autres voulaient le poste. Je suppose que c'était ça. Qui sait ? Au village, l'hostilité était la règle. Des mots durs, toujours. Je n'ai pas réfléchi à ça depuis longtemps, mais à présent je me souviens de discussions vives, d'un climat de colère, même ce matin-là, quand on distribuait les armes...

– C'est encore arrivé tout récemment, avant une chasse, raconta Kira. Je l'ai vu. Les querelles, les discussions. Les choses se passent toujours ainsi avec les hommes.

Il haussa les épaules.

– Les choses n'ont donc pas changé.

– Comment le pourraient-elles ? C'est comme ça, voilà tout. Prendre, pousser, bousculer. On n'apprend rien d'autre aux minots. Les gens n'ont pas d'autre manière d'obtenir ce qu'ils veulent. On m'aurait appris la même chose s'il n'y avait eu ma jambe...

– Ta jambe ?

Il ne savait pas. Comment aurait-il pu savoir ? Et voilà qu'elle se sentait tout à coup embarrassée de devoir lui en parler.

– Elle est tordue. C'est de naissance. Ils voulaient m'emmener au Champ de la Séparation, mais ma mère a refusé.

– Elle les a donc défiés ? Katrina ? (Son visage s'éclaira, il sourit.) Et elle a eu gain de cause !

– Son père était encore en vie, et c'était, m'a-t-elle dit, un personnage très important. Aussi lui ont-ils permis de me garder. Ils ont sans doute pensé que de toute façon je mourrais.

– Mais tu étais forte.

– Oui. Maman disait toujours que la souffrance m'avait rendue forte.

Et voilà qu'en lui disant cela, elle ne se sentait plus embarrassée mais fière, et désireuse qu'il soit fier lui aussi.

Il tendit la main, et elle la prit dans la sienne.

Elle voulait qu'il continue. Elle avait besoin de savoir ce qui avait eu lieu. Elle attendit.

– Je ne sais pas qui c'était exactement, poursuivit-il. Mais bien sûr je peux deviner. Je savais qu'il était profondément envieux. Si je me souviens bien, j'étais à l'affût, à guetter le cerf que je poursuivais, quand il s'est approché de moi par-derrière, en silence, et m'a attaqué. D'abord à coups de gourdin pour m'assommer, puis avec son couteau. Il m'a laissé pour mort.

– Mais tu as survécu. Tu étais fort, dit Kira en lui pressant la main.

– Je me suis réveillé dans le Champ. Des haleurs m'avaient sans doute emporté et laissé là comme c'est la coutume. Tu es déjà allée là-bas ?

Kira acquiesça d'un petit signe de tête puis, réalisant à nouveau qu'il était aveugle, dit oui à voix haute. Il faudrait qu'elle lui dise quand et pourquoi. Mais pas tout de suite.

– J'aurais dû mourir là-bas, comme on s'y attendait. Je ne pouvais pas remuer. Je ne voyais rien. J'étais tout étourdi et je souffrais beaucoup. Je *voulais* mourir. Mais cette nuit-là, continua-t-il, des étrangers sont venus dans le Champ. J'ai d'abord cru que c'étaient des pelleteurs et essayé de leur dire que j'étais encore vivant. Mais ils avaient des voix d'étrangers. Ils parlaient notre langue, mais sur un rythme légèrement différent. J'avais beau être gravement blessé, je percevais la différence.

Et leurs voix étaient douces, apaisantes. Ils portèrent quelque chose à ma bouche, une boisson à base d'herbes, je crois, qui calma un peu la douleur et me donna sommeil. Ils m'installèrent alors sur un brancard fait de branches épaisses…

–Qui étaient-ils ? demanda Kira, si fascinée qu'elle ne pouvait s'empêcher de l'interrompre.

–Je ne sais pas. Je ne les voyais pas. J'avais les yeux détruits, et la douleur me faisait presque délirer. Mais j'entendais leurs voix réconfortantes. C'est pourquoi j'ai bu la boisson qu'ils m'avaient préparée et je me suis abandonné entre leurs mains.

Kira était abasourdie. Durant toute son enfance au village, pas une seule fois, elle n'avait été témoin d'un tel comportement. Elle ne connaissait nulle âme soucieuse d'apaiser, de consoler ou d'aider un être grièvement blessé. Et qui sût *comment s'y prendre*.

À l'exception de Matt, pensa-t-elle, se rappelant la manière dont le garçon avait soigné son petit chien estropié et l'avait ramené à la vie.

–Ils m'ont transporté loin, très loin à travers la forêt. Cela a pris plusieurs jours. Je me réveillais, me rendormais, me réveillais à nouveau. Chaque fois que je me réveillais, ils me parlaient, me lavaient, me donnaient à boire de l'eau et aussi d'autre potion contre la douleur. Tout était brouillé. Je ne me rappelais pas ce qui était arrivé, ni pourquoi. Mais ils m'ont guéri, dans la mesure où je pouvais l'être, et sans me dissimuler la vérité : je ne verrais plus jamais. Cependant, ont-ils précisé, ils m'aideraient à vivre sans voir.

– Mais qui *étaient*-ils ? questionna à nouveau Kira.

Il la reprit gentiment :

– Tu devrais plutôt demander · qui *sont*-ils ? Car ils existent toujours. Désormais, je suis l'un d'eux. Eh bien, ce sont simplement des gens. Mais des gens mutilés comme moi. Des gens qu'on avait laissés pour morts.

– Qu'on avait emmenés de notre village au Champ ?

Le père sourit.

– Pas seulement du village. Il est bien d'autres endroits. Ils venaient de partout, ceux qui avaient été blessés – dans leur corps bien sûr mais quelquefois aussi dans leur esprit, dans leur âme. Quelques-uns arrivaient de très loin. Au terme d'expéditions difficiles. Les récits étaient impressionnants. Et dans ce lieu où je me retrouvais comme par miracle, les rescapés avaient formé une communauté – c'est ma communauté à moi aussi maintenant.

Kira se rappela le village que Matt avait décrit, un village où vivaient des gens cassés.

– Ils s'entraident, expliqua le père avec simplicité. Nous nous aidons les uns les autres. Ceux qui voient me guident. J'ai toujours des yeux de secours près de moi. Quant à ceux qui ne peuvent marcher, on les porte.

Kira massait sa jambe infirme sans s'en rendre compte.

– On peut toujours s'appuyer sur quelqu'un, poursuivit-il. Et toujours, on peut compter sur deux mains solides quand on n'en a pas. Le village de la Recouvrance existe depuis longtemps. Les blessés continuent d'arriver. Mais les choses commencent à changer, à cause des enfants nés et élevés ici. Il y a maintenant parmi nous des jeunes gens sains et solides. Et d'autres personnes qui ont découvert notre village et ne sont pas reparties, parce que désireuses de partager notre mode de vie.

Kira essayait de se représenter la Recouvrance.

– C'est donc un village comme celui-ci ?

– Quasiment. On y trouve des jardins ; des maisons ; des familles. Comme ici. Mais le nôtre est beaucoup plus tranquille. On ne s'y querelle pas. Les gens s'entraident et partagent tout ce qu'ils ont. Les bébés ne pleurent presque jamais. Les enfants sont tendrement aimés.

Kira contemplait le pendentif de pierre qui reposait contre la chemise bleue. Elle toucha le sien qui en était l'exacte réplique.

– As-tu une famille là-bas ? demanda-t-elle avec hésitation.

– Le village tout entier est comme une famille pour moi, Kira. Mais je n'ai ni femme, ni enfant, si c'est ça que tu veux dire.

– Oui.

– J'ai laissé ma famille ici. Katrina et le bébé sur le point de naître. *Toi*, ajouta-t-il en souriant.

Elle sentait qu'elle devait parler maintenant.

– Katrina… commença-t-elle.

– Je sais. Ta mère est morte. Matt me l'a dit.

Kira hocha la tête. Pour la première fois depuis des mois, elle se mit à pleurer sur elle-même et sur tout ce qu'elle avait perdu. Elle n'avait pas versé une seule larme à la mort de sa mère. Elle s'était fait violence pour être forte, prendre une décision et s'y tenir. Mais voilà que des larmes brûlantes souillaient son visage ! Elle dut le couvrir de ses mains. Elle était secouée de sanglots convulsifs. Christopher lui ouvrit tout grands les bras, mais elle se détourna.

– Pourquoi n'es-tu pas revenu ? finit-elle par demander en hoquetant, tandis qu'elle essayait en vain de maîtriser ses pleurs.

Elle regarda à travers l'écran qu'elle s'était fait de ses mains, et vit que la question lui avait fait mal.

– Pendant très longtemps, dit-il enfin, j'ai été incapable de me rappeler quoi que ce soit. Les coups que j'avais reçus à la tête n'avaient pas réussi à me tuer. Mais ils m'avaient fait perdre la mémoire. Qui étais-je ? Pourquoi étais-je là ? Ma femme ? Ma maison ? J'avais tout oublié. Puis, très lentement, au fur et à mesure que je guérissais, ma mémoire commença à revenir. Petit à petit, je me remémorai le passé par bribes. La voix de ta maman. Une chanson qu'elle chantait : *La nuit vient, et les couleurs s'évanouissent ; le ciel pâlit, car le bleu ne saurait durer…*

Kira tressaillit en entendant la vieille berceuse si familière ; elle chantonna les paroles avec lui.

– Moi aussi je m'en souviens, murmura-t-elle.

– Peu à peu, donc, tous mes souvenirs sont revenus. Mais je ne pouvais pas rentrer à la maison. J'aurais été incapable de retrouver mon chemin. J'étais aveugle, et très affaibli. Et, à supposer que j'aie réussi à regagner le village, j'y aurais trouvé la mort. En effet ceux qui avaient souhaité ma mort étaient toujours en vie. Alors je suis resté. Je pleurais ma femme et mon enfant perdus. Mais je suis resté, et j'ai essayé de reconstruire ma vie ici. Sans ta maman. Sans toi. Et puis un beau jour – des années et des années plus tard – le garçon a fait son apparition. À son arrivée, il était épuisé et affamé.

– Il a toujours faim, commenta Kira avec un léger sourire.

– Il a raconté qu'il avait fait tout ce chemin parce qu'il avait entendu dire que nous avions du bleu. Il voulait ce bleu pour le donner à sa meilleure amie qui savait faire toutes les autres couleurs sauf celle-là. Quand il m'a parlé de toi, Kira, j'ai compris que tu étais sans doute ma fille. J'ai compris que je devais le suivre jusqu'à mon ancien village.

Il s'étira un peu et bâilla.

– Quand il reviendra, le garçon me trouvera un endroit sûr pour dormir.

Kira lui prit la main et la garda dans la sienne. Elle vit qu'elle aussi était couturée de cicatrices.

– Père, dit-elle en hésitant, comme à tâtons, car c'était un mot qu'elle n'avait encore jamais employé, ils ne te feront plus jamais de mal.

– C'est vrai, je serai en sécurité dans ma cachette. Et lorsque j'aurai pris un peu de repos, nous nous enfuirons tous les deux. Le garçon nous aidera à emballer des vivres pour la route. Pendant le voyage, tu seras mes yeux, et je serai tes jambes – de solides jambes sur lesquelles tu pourras compter.

– Non, père ! dit Kira, à présent tout excitée. Regarde !

D'un geste, elle indiqua la pièce confortable pour s'interrompre presque aussitôt, embarrassée.

– Je suis désolée, je sais que tu ne vois pas. Mais tu peux *sentir* à quel point elle est confortable. Il y a d'autres pièces identiques de chaque côté du couloir ; elles sont toutes vides à l'exception de celles que nous occupons, Thomas et moi. On peut en préparer une pour toi.

– Non, dit-il en secouant la tête.

– Tu ne comprends pas, père, parce que tu n'as jamais vécu ici, mais j'ai une fonction privilégiée dans le village. Pour cette raison, j'ai un interlocuteur privilégié au sein du Conseil des Seigneurs. C'est un ami. Il m'a sauvé la vie ! Et il veille sur moi. Oh, c'est très difficile à expliquer, et je sais que tu es fatigué, mais vois-tu, père, il n'y a pas très longtemps, ma vie a été en danger. Une nommée Vandara voulait que l'on m'emmène dans le Champ. Un procès a eu lieu et…

– Vandara ? Je me souviens d'elle. C'est la femme à la cicatrice ?

– Oui, c'est elle.

– Ah ! sa blessure, quelle chose terrible ! Je me rappelle quand c'est arrivé. En tombant sur un rocher très pointu, elle s'était entaillé le menton et le cou. Son fils était selon elle responsable de l'accident. Il avait glissé sur des rochers mouillés et s'était raccroché à sa jupe, provoquant sa chute.

– Mais je croyais…

– Ce n'était qu'un petit minot, mais elle l'a rendu responsable de l'accident. Plus tard, quand il est mort, empoisonné par le laurier-rose, les gens se sont posé des questions. Certains l'ont soupçonnée… (Il s'interrompit et soupira.) Mais il n'y avait aucune preuve de sa culpabilité. Il n'empêche que c'est une femme cruelle, ajouta Christopher. Tu dis qu'elle s'en est prise à toi ? Et qu'il y a eu un procès ?

– Oui, mais j'ai été autorisée à y assister. On m'a même donné une place d'honneur. J'avais, parmi les membres du Conseil des Seigneurs, un défenseur qui s'appelait Jamison. Désormais, il veille sur moi, père, et supervise mon travail. Je sais qu'il va te trouver un lieu de repos.

Et Kira pressa la main de son père en songeant à l'avenir commun qui les attendait. Mais ce fut comme si l'air de la pièce avait brusquement changé. Les rides du visage de son père se creusèrent ; la main qu'elle tenait se raidit, puis se retira.

– Ton défenseur, Jamison ? dit Christopher qui toucha à nouveau les cicatrices de son visage. C'est exact, il a effectivement tenté jadis de me trouver un lieu de repos. Jamison est l'homme qui a essayé de me tuer.

23

Seule dans le clair-obscur d'une aube encore à naître, Kira descendit au jardin des couleurs – le jardin créé pour elle avec tant de soin. Là, tapotant avec douceur la terre autour des racines humides, elle planta la guède. « Recueilles-en les feuilles fraîches à la première floraison. » Elle répéta les mots qu'Annabella avait prononcés. « Et n'oublie pas, de la bonne eau de pluie – pour un beau bleu. » Kira prit, dans un bidon provenant de l'atelier, de la bonne eau et en imprégna abondamment le sol autour des plantes fragiles. Beaucoup de temps s'écoulerait avant la première floraison. Elle ne serait plus là pour recueillir les feuilles de la guède.

Après avoir arrosé les plantes, elle s'assit, genoux au menton, et se balança d'avant en arrière et d'arrière en avant. Le soleil commençait à poindre : elle voyait une lueur rose pâle s'élever lentement à l'orient du ciel. Le village était encore silencieux. Elle essaya de se concentrer pour y voir clair. Mais rien ne semblait avoir de sens, tout restait incompréhensible.

La mort de sa mère : une maladie soudaine, violente, un cas unique. Cela n'arrivait quasiment jamais. D'ordinaire, la maladie frappait le village tout entier, et beaucoup étaient emportés. Et si sa mère avait été empoisonnée ?

Mais pourquoi ?

Parce qu'ils la voulaient, elle, Kira.

Pourquoi ?

Pour pouvoir s'emparer du don qu'elle avait : son talent magique de brodeuse.

Et Thomas ? Ses parents eux aussi ? Et ceux de Jo ? Pourquoi ?

Pour s'approprier leurs dons à tous les trois.

Avec un sentiment de désespoir, Kira regarda le jardin dans la lumière de l'aube naissante. Les plantes bougeaient et scintillaient au vent léger ; quelques-unes avaient encore les fleurs du début de l'automne. La guède avait donc fini par se joindre aux autres plantes pour lui donner le bleu qu'elle avait si passionnément désiré. Mais quelqu'un d'autre récolterait les premières feuilles.

Non loin de là, son père dormait, rassemblant ses forces pour le voyage de retour à la Recouvrance, ce village où les gens vivaient en harmonie. Christopher et elle s'enfuiraient ensemble, abandonnant pour toujours le seul monde qu'elle eût jamais connu. Elle se réjouit à la pensée du voyage. La sordide misère et le vacarme qu'ils laisseraient derrière eux ne lui manqueraient certes pas.

Mais je me languirai de Matt et de son espièglerie,

pensa-t-elle avec tristesse. *Et Thomas, si sérieux, si dévoué ; il me manquera lui aussi.*

Et Jo. Elle sourit en songeant à la minuscule chanteuse qui avait salué la foule avec tant de fierté au Grand Rassemblement. C'est alors qu'un souvenir lui revint. Dans la confusion et l'excitation provoquées par l'arrivée de son père, il avait disparu. Et voilà que ressurgissait l'exacte et horrible vision ; un cri étouffé lui échappa.

Le cliquetis assourdi qui l'avait tant intriguée pendant la cérémonie ! Elle l'entendait encore, presque aussi nettement. Un bruit de métal qu'on traîne. Dès le début de la seconde partie du Chant, au hasard d'un coup d'œil, elle en avait compris l'origine. Puis, vers la fin, après avoir répondu aux vivats de la foule (Jo, elle, avait déjà bondi joyeusement au bas de la scène), le Chanteur s'était apprêté à descendre. En haut des marches, il avait soulevé légèrement la Robe et, de sa place à l'extrémité de l'estrade, Kira avait vu ses pieds nus, monstrueusement déformés.

Ses chevilles, couturées de cicatrices, étaient beaucoup plus abîmées que le visage de son père. Elles étaient couvertes de croûtes et de sang coagulé. De minces ruisseaux de sang frais et brillant coulaient sur ses pieds, provenant d'une chair à vif toute gangrenée et purulente à l'emplacement des anneaux de cheville qui l'enchaînaient. Entre ces anneaux qui traînaient pesamment tandis qu'il descendait avec lenteur de la scène, il y avait une chaîne.

Puis il avait laissé retomber les pans de la Robe. Elle

ne vit plus rien. Peut-être avait-elle été victime de son imagination ? Reste qu'en le regardant marcher, elle avait entendu la chaîne racler le sol et aperçu derrière lui une sombre traînée de sang.

Se rappelant cette scène, Kira, brusquement, comprit tout. C'était d'une évidence aveuglante et si simple. Tous les trois : la nouvelle petite Chanteuse destinée à remplacer un jour le Chanteur enchaîné ; Thomas le Sculpteur qui avec ses outils si précis écrivait l'histoire du monde ; et enfin, elle, Kira, qui enluminait cette histoire, étaient les artistes capables de créer le futur.

Kira le sentait jusqu'au bout de ses doigts, ce pouvoir qu'elle avait de torsader et d'entrelacer les fils de couleur pour créer des scènes d'une étonnante beauté comme celles qu'elle avait réalisées seule avant d'être chargée de restaurer la Robe.

Thomas lui avait dit qu'un jour il avait lui aussi sculpté dans le bois des objets surprenants qui semblaient prendre vie entre ses doigts. Et elle entendait encore l'envoûtante mélodie, si pure, que la petite fille avait chantée de sa voix magique dans la solitude de sa chambre, avant qu'ils ne la forcent à chanter leur propre chant.

Les Seigneurs aux sévères visages n'avaient aucun pouvoir créateur. Mais, avec leur force et leur ruse, ils avaient trouvé le moyen de dérober et de dompter les puissances créatrices des autres pour les mettre à leur service. Ils contraignaient les enfants à décrire le futur qu'ils souhaitaient, eux, et non celui qui aurait pu être.

La jeune fille regarda le jardin qui remuait et frissonnait dans son sommeil. Elle vit la guède fraîchement plantée blottie là où elle l'avait déposée avec précaution, tout près du gaillet ; elle la vit qui commençait à s'apprivoiser. « La plupart du temps, avait dit Annabella en la décrivant, elle fleurit une seule fois et meurt. Mais il arrive qu'on trouve une petite pousse encore en vie. »

C'étaient ces petites pousses vivantes qu'elle avait plantées, et Kira – quelque chose le lui disait – était intimement persuadée qu'elles survivraient. Mais elle avait une autre certitude, et lorsqu'elle en prit conscience, assise dans l'herbe humide, elle se releva et s'en fut trouver son père pour lui dire qu'elle ne pourrait être ses yeux. Qu'elle devait rester.

Matt serait donc le seul à accompagner Christopher.

Tard dans la soirée, ils se rassemblèrent à l'entrée du sentier sinueux qui s'éloignait du village, passait devant la friche d'Annabella et continuait encore et encore pour s'arrêter, après des jours, au village de la Recouvrance. Matt caracolait comme un petit cheval, impatient de commencer le voyage et fier de son rôle de guide. Quant à Branch, très impatient lui aussi de partir à l'aventure, il se baladait, la truffe au vent, flairant tout ce qui pouvait être flairé.

– Sûr que j'vais t'manquer affreux, confia Matt. Serai p'têtre parti un bon bout de temps, cause qu'y voudront p'têtre que j'reste.

Il se tourna vers Christopher.

– Vrai qu'ils ont toujours plein d'choses à manger ? Pour les visiteurs ? Et les 'tits chiens ?

Christopher acquiesça avec un sourire.

Alors Matt attira Kira tout près de lui pour lui chuchoter à l'oreille :

– Sais qu'tu peux pas avoir un 'tit mari à toi à cause de cette affreuse boiterie que t'as, dit-il à voix basse comme pour s'excuser.

– Ce n'est pas un problème, répondit Kira, désireuse de le rassurer.

Mais il tira sur sa manche, avide de continuer :

– Voulais te dire. Ces aut' gens, les tout cassés, eh bien, ils marient. Vu un garçon là-bas, un bisyllabe, quasi l'même âge que toi. L'était même pas cassé. Parie que tu pourras l'marier, ajouta-t-il, solennel, dans un souffle… enfin, si tu veux.

Kira l'embrassa.

– Merci, Matt, répondit-elle très bas. Mais je ne veux pas.

– Ses yeux y sont d'un bleu comme t'en a jamais vu, dit-il d'un ton d'importance, comme si cela pouvait tout changer.

Mais Kira secoua la tête en souriant.

Thomas avait apporté un balluchon contenant les provisions qu'ils avaient mises de côté et soigneusement empaquetées ; au départ du sentier, il l'arrima sur le dos solide de Christopher. Ils se serrèrent la main.

Kira attendait, silencieuse.

Le père avait compris sa décision.

– Tu viendras quand tu seras prête, lui dit-il. Matt fera

les allées et venues. Il sera notre messager. Et un jour, il t'emmènera.

– Un jour, nos villages feront connaissance, assura Kira. Je le sens déjà.

Et c'était vrai. Elle sentait le futur palpiter entre ses mains, elle le sentait vivre dans les tableaux que ses mains brûlaient de créer, elle sentait, à l'emplacement du dos et des épaules de la Robe, l'espace vierge encore en attente.

– J'ai un cadeau pour toi, dit le père.

Elle le regarda, intriguée. Il était arrivé les mains vides, et n'avait pas quitté sa cachette depuis le premier soir. Et voilà qu'il déposait entre ses mains quelque chose de doux, quelque chose qui était doué d'un pouvoir de consolation. Elle ne pouvait pas voir dans les ténèbres ce que c'était mais elle le devinait au toucher.

– Des fils ? demanda-t-elle. Un paquet de fils ?

Le père sourit.

– Je suis resté assis seul des heures et des jours en attendant de pouvoir rentrer chez moi, j'ai eu du temps. Et mes mains sont très habiles parce qu'elles ont appris à faire des choses toutes seules sans rien y voir. Morceau après morceau, fil après fil, j'ai détissé ma chemise bleue, expliqua-t-il. Le garçon m'en a trouvé une autre.

– Chipé plutôt, déclara Matt, fier de son sens pratique.

– Ainsi, poursuivit Christopher, tu auras des fils bleus en attendant que tes plantes renaissent.

– Adieu, murmura la jeune fille en embrassant son père.

Dans l'obscurité, elle regarda l'homme aveugle, le jeune transfuge et le chien à la queue tordue s'éloigner sur le sentier. Et lorsqu'il lui fut impossible de les distinguer encore, elle tourna le dos pour s'en revenir à tout ce qui était en attente. Le bleu s'amassait dans le creux de sa main, et elle le sentait frémir, comme s'il avait reçu le souffle de vie, comme si, pour lui, la vie commençait.

Lois Lowry

L'auteur

Lois Lowry est née à Hawaï, en 1937, et a vécu à New York, en Pennsylvanie et au Japon. Attirée par l'écriture depuis toujours, elle a d'abord été journaliste et photographe pour la presse. Son premier roman pour la jeunesse paraît en 1977 et elle se consacre peu à peu à la littérature. Lois Lowry a publié plusieurs livres en France dont *Le Passeur* (récompensé par le prix Tam-Tam en France et la Newbery Medal aux États-Unis) et la série des *Anastasia* (L'École des loisirs). Aujourd'hui, elle partage sa vie entre la ville de Cambridge (Massachussetts) et la campagne du Maine.

Le papier de cet ouvrage est composé de fibres naturelles, renouvelables, recyclables et fabriquées à partir de bois provenant de forêts plantées et cultivées expressément pour la fabrication de la pâte à papier.

Mise en pages : Maryline Gatepaille

Loi n° 49-956 du 16 juillet 1949
sur les publications destinées à la jeunesse
ISBN : 978-2-07-062227-6
Numéro d'édition : 262372
Numéro d'impression : 119820
Premier dépôt légal dans la même collection : avril 2002
Dépôt légal : octobre 2013

Imprimé en France par CPI Firmin-Didot